M. B. Hasler

Die Schwarze Sonne

walknut verlag

M. B. Hasler:
Die Schwarze Sonne
1. Auflage - Schleswig, Walknut-Verlag
ISBN 3-9808794-0-2

Walknut-Verlag Haasler, Waldemarsweg 6, 24837 Schleswig
Umschlaggestaltung: Walknut-Verlag Haasler, Schleswig
Schutzumschlag: Walknut-Verlag Haasler, Schleswig
Herstellung: Books on Demand GmbH
Internet: http://www.walknut-verlag.de

Die Schwarze Sonne - göttliches Licht der Erkenntnis

Der zentrale Lichtpunkt, die schöpferische Kraft, ein Augenblick der Ewigkeit - ein immerwährender Prozeß, der keinen Anfang und kein Ende zu haben scheint!

INHALT

Einleitung

Blut und Sprache ketten die Menschen eines Volkes eng aneinander. Ebenso verbindet der Glaube und das Gottverständnis die Mitglieder einer Gemeinschaft und trennt dieselbe von einer anderen. Seit urmenschlichen Zeiten wissen die Menschen um das göttliche Wirken ringsum. Sie gedenken uralter Mythen und sie versuchen das Geheimnis der Natur zu erfassen. Der Mythos ist etwas tiefgründiges und er ist stark in der Seele eines Volkes verwurzelt. Jede Gemeinschaft hat ihre eigenen Mythen und doch weiß man, daß viele Mythen im Wirkungskreis eines älteren Mythos stehen. Hieraus erwächst die Erkenntnis, daß es verschiedene „Urmythen", vielleicht sogar einen einheitlichen „Urmythos" geben muß. In der folgenden Ausarbeitung versucht der Autor, den Mythos der *„Schwarzen Sonne"* zu ergründen, welche, wie es scheint, seit Anbeginn der Zeit das Schicksal der Menschen beeinflusst hat. Der Autor versucht in seinem Essay den Forschungsgegenstand zu präzisieren, inwieweit er hierbei den Begriff der *„Schwarzen Sonne"*, welcher in vielerlei Hinsicht verallgemeinert wurde, entmystifiziert oder die Feinheit des Gegenstandes zu kristallisieren vermag, soll der Leser selbst entscheiden. Das Themengebiet der *„Schwarzen Sonne"* ist aus verschiedenen, unterschiedlichen Richtungen beeinflusst worden, leider waren darunter auch viele Veröffentlichungen zum Thema, welche sich gänzlich unseriös mit dem Gegenstand auseinander setzten. Gerade jene Publikationen waren weitgehend für die Mystifikation des Begriffes verantwortlich. Somit bliebt dem Leser selbst überlassen, in welchem Bewußtsein er den Stoff zu lesen gewillt ist. Der Geist soll beim Lesen der nachfolgenden Worte hellwach sein, denn nur er vermag das wahre Wesen der *„Schwarzen Sonne"* zu erahnen. Sehen wir uns ins Gesicht. Wir sind Hyperboräer, - wir wissen gut genug, wie abseits wir leben. „Weder zu Lande noch zu Wasser wirst du den Weg zu den Hyperboräern finden."[1]

Vorwort

Nachdem über eintausend Jahre die Wertvorstellungen des christlichen Gottes das Denken und Schaffen der nordeuropäischen Völker weitgehend bestimmt haben, trat im ausgehenden 19. Jahrhundert eine große Schwächung jenes Wüstengottes ein. Eine Wissenschaft befand sich im Aufwind, welche rigoros die Materie vom Geist trennte. Die höheren Werte, das Göttliche in jedem Seienden, verloren ihre Gültigkeit und gerieten in Vergessenheit. Es war wie eintausend Jahre zuvor; innerhalb kürzester Zeit wurden ganze Völker und somit auch ihre Mitwelt, das heißt, Pflanzen, Erde, Luft und Wasser [...], entseelt. Ebenso wie in den letzen fünfhundert Jahren des ersten Jahrtausends ein neuer „Gottesbegriff" in die Seelen der Menschen eingepflanzt, beziehungsweise mit Blut geschrieben wurde, trat im Okzident ein neuer Gott seine Herrschaft an: das Kapital. Gerade die Umwertung geistiger Rückzugsmöglichkeiten veranlaßte Menschen eigenen Ranges und Denkens eine Reise anzutreten, welche sie auf die endlosen Pfade der Ontologie führte.

Dabei stießen viele von ihnen auf Mythen und Mythologien ihrer Ahnen, auf Römische, Griechische und auch Nordische. Allgegenwärtig war der Zuspruch für das Volkstum und die Naturhaftigkeit, des „Sturm und Dranges" und der „Romantik", welche schon einhundert Jahre zuvor die Gemüter der Dichter und Denker im deutschen Sprachraum bewegten.

Am Anfang des 20. Jahrhunderts, im Umfeld des völkischen Aufbruches, entstanden viele kleine Gruppen die nun anfingen, daß von geheimen Orden aus dem Mittelalter erhaltene Wissen, welches noch in verschiedenen Logenformationen, alten Schriften und durch archäologische Informationen bruchstückweise aus der alten Welt gerettet worden war, zu dokumentieren und zu interpretieren. Dabei wurden viele alte Weltbilder zu neuem Leben erweckt und es entstanden Neudeutungen der alten Welt. Viele, wie zum Beispiel die Theozoologie des Jörg Lanz von Liebenfels, waren natürlich völlig verwirrte Auslegungen, aber gerade in dieser Zeit wurden Erkenntnisse gewonnen, welche für die „Anhänger eines Neuheidentums", des ausgehenden 20. Jahrhunderts, immerhin die Grundlagen ihrer Überlegungen bildeten.

In diese Umbruchszeit, am Vorabend des II. Weltkrieges, fällt auch das Wiederbeleben eines alten Mythos: das Geheimnis der „Schwarzen Sonne". Ich möchte nun im folgenden diesen Mythos geschichtlich betrachten und ihn anschließend in das Licht des neu angebrochenen Zeitalters stellen.

Um Mißverständnissen vorzubeugen möchte ich einen wichtigen Aspekt vorausschicken. Bei der nachfolgenden Ausarbeitung, welche sich das Thema der „Schwarzen Sonne" zum Inhalt gemacht hat, handelt es sich um ein nüchternes Aufzeigen und Verknüpfen von bereits erschienener Literatur, die fast ausschließlich aus den Jahren nach 1950 stammt. Ein uneingeschränkter Wahrheitsanspruch der verwendeten Materialsammlung kann nicht gewährleistet werden, da die Seriosität bestimmter Quellen mit gutem Grund angezweifelt werden müssen. Somit übernimmt der Autor die Rolle eines Erzählers und Interpreten, um dem geneigten Leser einen bildlichen Gesamteindruck des Mythos zu verschaffen. Die Komplexität des Gegenstandes soll für den Betrachter aufgeweicht werden, um durch das Zusammenfügen von den im Laufe der Zeit entstandenen Deutungen, einen tieferen Einblick in das Themengebiet zu ermöglichen. Ebenfalls wird es vom Autor vermieden, ein Urteil über die Glaubwürdigkeit einzelner Quellen zu fällen, dies soll gänzlich dem kritischen Geist der Leserschaft überlassen sein. Indes sei erwähnt, daß der Begriff „Schwarze Sonne" sich durch den gesamten Beitrag schlängelt, jedoch nur zur besseren Verständlichkeit innerhalb der angeführten Quellen beibehalten wurde, persönlich hält der Autor die Bezeichnung *„Unsichtbare Allsonne"* für treffender.

M. B. Hasler, Schleswig im Julmond '02

Der Mythos im Zeichen der Geschichtsschreibung

Einführung

Die Schwarze Sonne ist als solche kein feststehendes Prinzip und auch keine standardisierte Lehre. Die weiße Sonne (d. h. der Stern unseres Sonnensystems) und die Schwarze Sonne unterscheiden sich wie folgt: Im Gegensatz zur weißen Sonne ist die Strahlung der Schwarzen Sonne eine gänzlich andere Schwingungsebene.

Das bedeutet, daß sie auch völlig unterschiedliche Bereiche (Dimensionen) des Makro- sowie des Mikrokosmos mit ihrer Energie versorgt. Zum zweiten sind die Erscheinungsformen der Schwarzen Sonne in unterschiedlich stark materialisierte Bereiche aufgegliedert. Im wesentlichen kann man von drei in sich übergreifenden Zuständen (im Hinblick auf das Auftauchen in verschiedenen Kulturen) der Schwarzen Sonne sprechen.

Da wäre zum einen die Schwarze Sonne als reine Materie, als ein im Universum existierender Körper und zum anderen als eine (in einer anderen Dimension), im metaphysischen Sinn, vorhandene Energie. Der dritte Zustand liegt genau zwischen diesen beiden Formen. Im wesentlichen ist ihr Wirken jedoch immer gleich: sie sendet eine Strahlung aus, welche auf die innerste Kraft im Menschen, eines Volkes oder auch eines Zeitalters wie ein Katalysator wirkt. So hat die Schwarze Sonne in den Mythologien der Völker zwar unterschiedliche Erscheinungsformen, aber ihr Prinzip ist immer gleichbleibend.

Kulturgeschichtliche Betrachtung Südmesopotamiens, bezüglich der „Schwarzen Sonne", vor der Zeitenwende

Sumer und Akkad

Die Herkunft der Schwarzen Sonne, dies möchte ich gleich vorwegnehmen, kann nicht eindeutig geklärt werden. Vermutlich kam das Wissen über die Schwarze Sonne vor etwa 10.000 Jahren aus dem Norden in das Zweistromland nach Mesopotamien. Das älteste archäologische Zeugnis, welches als eine Darstellung der Schwarzen Sonne gedeutet werden kann, stammt aus Susa (im Südwesten des Iran) und wird in das 3. Jahrtausend vor unserer Zeitrechnung datiert. Dabei handelt es sich um die Siegesstele des Königs „Naram-Sin" (Zu sehen im Louvre, Paris). Naram-Sin war der Enkel von Sargon dem Ersten. Aus der Zeit Sargon I. stammt eine Schrift, die als: die „Ilu Ischtar" bekannt ist. Die heutzutage in deutscher Sprache veröffentlichte Version der „Ilu Ischtar" beruht auf original Keilschriftfragmenten beziehungsweise deren griechischer Übersetzung und dem fast identischen „Karthager-Buch" aus römischen Archiven. Beide Quellen berichten über das Erscheinen der Göttin Ischtar im fünfundfünfzigsten Regierungsjahr Sargon I. (SAR-KYAN). Die „Ilu Ischtar" beschreibt die Entstehung des Universums, der Götter und der Menschen. Sargon ist zu diesem Zeitpunkt Herrscher Babils. Die Geschichtsforschung bestreitet dies jedoch, da Babylon erst viel später entstand, kann aber nicht vollkommen ausschließen, daß sich unter den Steinen des alten Babels noch ältere Reste eines großen Reiches verbergen. Kommen wir jedoch zurück zur Erzählung, die wesentliche Punkte der Schwarzen Sonne enthält. Als Sargon im Gorm, bei einem befreundeten König im hohen Norden, weilt, erschien im Lande Babil ein göttliches Licht in der

Gestalt der Ischtar (sumerische Göttin). Textauszug (Ilu Ischtar, Kap. 1.1, 1.2):

„Es ging ein Licht aus von IL, dem allmächtigen Gott,
dem Allerhöchsten der in seinem Reiche ILU ist;
unschaubar den auf der Erde lebenden Menschen.
Und es ging ein dieses Licht, das da gesandt war von Gott,
zu den Menschen der Erde, nahm Gestalt an und wurde Person,
wie Gott dafür erwählt hatte: Nämlich Ischtar der hohe Engel."

Ischtar brachte den Menschen die Botschaft der ewigen Wahrheit, die in Vergessenheit geraten war. Als dies der König vernahm reiste er sogleich in seine Heimat. Als er in seinem Herrscherhause eintraf, kam es zu einer Unterredung mit der Seherin Irini, die in geistiger Verbindung mit Ischtar gestanden hatte. Sie sprach zu ihm, was sie von „Gottes Engel" erfahren hatte: vom Ursprung der Schöpfung, dem sich endlos bewegenden Reigen und der Entstehung Gottes (IL's). Am Anfang, noch bevor es Gott gab, waren nur Geistkräfte weiblicher und männlicher Art (ILU Kräfte) vorhanden. Als diese sich gesammelt hatten und somit eine gewaltige Anziehungskraft zwischen beiden Polen wirkte, kam es zur Vereinigung.

Textauszug (Ilu Ischtar, Kap. 11):

„Sie (die ILU Kräfte, Anm. d. Autors) *trafen aber aufeinander,*
entfachten dabei ein unbeschreibliches Licht,
welches versprühte unzählige Funken zukünftigen Werdens.
Dies war der Voranfang.
Alle jene versprühten Funken ILU's
aber bildeten den Samen, für das was kommen würde."

Diese Vereinigung und die daraus resultierenden Zeugungsfunken bedeuten die Schwarze Sonne mit ihrer Strahlung. Aus den schöpferischen Schwingungen entstand Gott (IL), der alles (geistige) Leben zeugte. In einem späteren Kapitel erschafft IL das Universum, unsere heutige Welt. In deren Mittelpunkt setzt er eine lebensspendende Zentralsonne, die als die gleiche Urkraft (ILUHE) zu verstehen ist, wie die aus den beiden weiblichen und männlichen ILU Kräften resultierende. Textauszug (Kap. 19.12):

„[...]als dies soweit gediehen war, setzte Gott Bab-Chomet in das neue All:
Die Schwarze Sonne, die niemand mit irdischen Auge erkennen kann.
Sie ist die Kraftquelle Gottes im Diesseits;
Um sie dreht sich alles. Auch die Weltzeitalter bestimmen sich so.“[2]

Sargon I. wird in der allgemeinen Geschichtsforschung jedoch als Gründer von Akkad angesehen. Er soll ein akkadischer Beamter aus Kisch gewesen sein und wuchs innerhalb kürzester Zeit zum größten Herrscher von Akkad und Sumer. Er wurde „König der vier Weltteile“ genannt und unterwarf ganz Vorderasien. Mit der Eroberung von Sumer durch das Akkadische Reich gingen jedoch weder Religion noch Wesen der Sumerer unter.

Sargon nahm daraufhin die Titel der sumerischen Könige an. Er nannte sich König von Akkad und Kisch, Priester des Anu, Statthalter der Inanna, Erwählter des Enlil. In dem von ihm eroberten sumerischen Raum (auch in anderen eroberten Gebieten) konnte sich aus folgenden Gründen keine neue akkadische Kultur bilden: Das Volk der Akkader war vorher, im Gegenteil zu den Sumerern, noch nie mit kulturellen Leistungen in Erscheinung getreten und das neue Akkadische Reich war innerhalb kürzester Zeit entstanden. Man muß darauf schließen, daß dies weder die Folge einer Völkerwanderung seitens der Akkader noch die

Ausrottung der anderen Völker war, sondern nur eine Unterdrückung der bestehenden Volksgruppen.

Auch die Kunst dieser Zeit erinnert an Darstellungen aus der sumerischen Dschemdet-Nasr-Periode (sumerische Stadt 3000-2600 v. u. Z.). Beispiele hierzu sind etwa die Plastik auf dem Messer von Gebel el - Arak und die Siegessäule des Naram-Sin. Diese zeigt eine kultische Feier, welche auch schon während der Dschemdet-Nasr-Periode eine große Rolle gespielt hat.

Wie auf der Naram-Sin Stele zu erkennen ist, steht oben, unterhalb des Götterberges, der übergroße König mit einem Hörnerhelm, ihm folgend, in Dreierreihe, seine Soldaten. Über dem Berg vor dem König prangen zwei Gestirne. Nun läßt dies mehrere Interpretationsmöglichkeiten offen. Manche Archäologen gehen bei der Darstellung des Königs von Naram-Sin selbst aus. Nachweislich sind aber Hörnerhelme dieser Art in anderen Darstellungen dieser Region nicht bekannt (Anm.: in Ägypten fand man Steinplatten aus der Zeit Ramses III., auf welchen Kämpfe zwischen Ägyptern und hörnerhelmtragenden Kriegern, welche vom Norden her angriffen, festgehalten wurden).

Funde von Hörnerhelmen in Skandinavien datiert man auf ca. 1000 v. u. Z. wie beispielsweise den Bronzehelm von Visko (Nord-Seeland), um 900 v. u. Z. Das ist zwar nicht mehr die Zeit von Naram-Sin, jedoch ein Anhaltspunkt auf die Herkunft „seines Kopfschmuckes". Zudem zeigt das Relief einen merkwürdigen Berg mit zwei Sonnen. Hier kann man, wenn der erste Punkt ins Gewicht fällt, vom Mitternachtsberg sprechen. Der Mitternachtsberg wird als das Urzentrum, aus dem die Väter einst kamen, in der nördlichen Hemisphäre betrachtet. Auch hierzu finden wir in ägyptischen Mythen und den indischen Veden Hinweise. Der hohe Norden, in welchem ein halbes Jahr Licht und in der anderen Hälfte des Jahres Dunkelheit herrscht, ist das Land der Mitternacht. Über diesem Land (Berg) stehen zwei Gestirne. Die lichtspendende helle Sonne und eine unbekannte Zweite. In der Archäologie ist man sich jedoch im unklaren was die zweite Sonne darstellen könnte. Einige Vermutungen gehen etwa vom Polarstern aus. Man kann aber, wenn man die Bedeutung der Göttin Ischtar/Inanna hinzuzieht, die Verkörperung der Venus, die uns wiederum als Morgen- und Abendstern begegnet, als sinnbildliche Darstellung der Göttin, in der Erscheinung des leuchtenden Planeten, erkennen. Ischtar ist die Göttin der Liebe und Fruchtbarkeit. Sie hat somit den gleichen zeugenden Charakter einer Sonne, doch ist Liebe und Fruchtbarkeit nicht sichtbar. Man kann demzufolge von einer unsichtbaren Sonne sprechen. Die Schwarze Sonne ist violett, sie ist unsichtbar. Ultraviolettes Licht kann des Menschen Auge nicht sehen. Das alles ist sicher nur eine Deutung der Stele, aber die Interpretation soll auch nur als eine solche angesehen werden.

Die Darstellungsweise der Naram-Sin Stele ist eine klare Fortsetzung der sumerischen Tradition (vgl. Geierstele und Standarte von Ur). Somit kann die Annahme vertreten werden, daß sich das Wissen um die Schwarze Sonne aus der Hochkultur Altsumers in die akkadische Besatzerzeit gerettet hat. Doch das Wesen der Schwarzen Sonne bleibt bis dahin im Dunkeln verborgen. Naram-Sin war der letzte große Herrscher der Dynastie von Akkad. Schakalischarri, sein Sohn und Nachfolger, konnte das große Reich nicht mehr zusammenhalten. Vom Norden, aus dem Zagrosgebirge, kamen die Gutäer (Guti - vermutlich indogermanische Stämme) und verwüsteten große Teile des Landes. Dies war der Untergang des Reiches. Nach einem kurzen Aufblühen von Sumer (etwa 2000 v. u. Z.) ging es nach Einfällen von semitischen Stämmen endgültig unter.[3, 4]

Im 18. Jahrhundert vor unserer Zeitrechnung gründete Sumnabum im Norden des alten Sumererreiches die Stadt Babilu. „Bab" bedeutet „das Tor" beziehungsweise „die Pforte". „Ilu", sumerisch „Iluhe", sind die göttlichen Kräfte, die „Strahlen des göttlichen Lichts". Somit kann man „Bab – Ilu" übersetzen mit „Pforte Gottes" oder aber auch „Das Tor zum unsichtbaren Licht der Götter".[5]

Schon unter dem fünften Nachfolger Sumnabum's, König Hammurabi, entstand ein großbabylonisches Reich, welches sich territorial zwischen dem südlichen Flußverlauf des Euphrat und Tigris erstreckte und demnach das ganze sumerisch - akkadische Reich umfaßte.

In Babylonien entstand ein neuer Staat unter der Herrschaft von Hammurabi, von welchem die berühmten Gesetzestafeln stammen, die „Codex Hammurabi", deren Inhalt auf althergebrachtem „Sumerischem Recht" fußt. In diesem Staat bildete sich nun eine neue Hochkultur heraus, die in den Überlieferungen der alten, untergegangenen Akkader- und Sumererreiche wurzelte. Die alten Texte der Sumerer, wie zum Beispiel das Gilgamesch-Epos, wurden übernommen und auch in ihrer ursprünglichen sumerischen Keilschrift im Akkaderreich bekannt. Um 1500 vor unserer Zeitrechnung brachen jedoch die Hethiter in das Land ein und bewirkten einen erneuten Untergang der sumerischen Tradition.

Ab 1400 v. u. Z. gelangte in Nordmesopotamien das Reich Assurs zur Hochblüte. Die Assyrer, ein semitisches Volk, besetzten auch zeitweise das alte Babylon und übernahmen altbabylonische (sumerische) Kunst. Sie brachten im neugebildeten assyrischen Großreich auch ihre eigene Kultur zum tragen und mischten sich mit der altbabylonischen Bevölkerung.

Die Reste der akkadischen und sumerischen Urbevölkerung, die den Gutäern um 2000 v. u. Z getrotzt hatten, waren verschwunden. Doch der Geist und die Götter der alten Welt lebten in den neuen Siedlern Babyloniens fort (... und gerade dieser Geist war es, der Babylon zur prächtigsten und mächtigsten Stadt des Altertums emporsteigen ließ).

Es war um 600 v. u. Z. als unter König Nebukadnezar II. riesige Bauten entstanden, welche bis in unsere Zeit mit dem Namen Babylon in Verbindung gebracht werden, wie die „Hängenden Gärten der Semiramis", der „Turm zu Babel" und nicht zuletzt „Das Ischtar - Tor" (benannt nach der Göttin Ischtar - sumerisch Inanna).

Soviel erst einmal zum geschichtlichen Hintergrund Babylons, aber kommen wir nun zur wesentlichen Frage: Welche Zeugnisse existieren aus diesem Zeitraum und welchen Aufschluß können sie uns über die *Schwarze Sonne* geben?

Auszug aus einer babylonischen Inschrift:

„Am Oben der Welt steht der Mitternachtsberg.
Ewiglich wirkt sein Licht.
Des Menschen Auge kann Ihn nicht sehen -
Und doch ist er da. Über dem Mitternachtsberg strahlt die
Schwarze Sonne. Des Menschen Auge kann sie nicht sehen -
Und doch ist sie da: Im Inneren leuchtet Ihr Licht.
Einsam sind die Tapferen und die Gerechten;
Doch mit Ihnen ist die Gottheit."

. . . in einer anderen Keilschrift heißt es:

„Weiße Sonne, über der Welt Erde strahlend -
du gibst des Tages Licht.
Schwarze Sonne, im Inneren von uns leuchtend -
du schenkst die Kraft der Erkenntnis. -
Besinnend des Reiches von Atland,
das hoch bei der Himmelssäule lag
ehe des Meeres Wut es verschlang.
Besinnend der klugen Riesen,
die jenseits von Thule kamen und lehrten."[6]

Wie aus diesem Text deutlich zu erkennen ist, wird die Schwarze Sonne als ein göttlich durchwobenes Objekt aufgefaßt, welche ihre Kraft im Innersten der Menschen freisetzt. Ihre Strahlen erreichen nur die seelischen Werte der Menschen - im Innern von uns leuchtend. Ihre Strahlen kommen vom Mitternachtsberg (Kharsak Kurra), aus dem hohen Norden der Hyperboreer, welche im Menschen dasselbe Bewußtsein wachrufen, wie einst bei den Atlantern, den Söhnen des Mitternachtsberges. Die Schriften der Babylonier zeigen uns die gleichen Vorstellungen auf, die auch schon 1000 Jahre zuvor, auf der bereits angesprochenen Naram-Sin Stele, behandelt wurden. Diese zeigt auch den Mitternachtsberg und am Himmel leuchten zwei Sonnen: die Schwarze (die unsichtbare, leuchtende Venus) und die Goldene.

Es ist eine Strahlung die den alten Sumerern den Weg gewiesen hat, um eine der bedeutendsten Hochkulturen der Menschheit zu erschaffen, von welcher das gesamte Wissen der vorsintflutlichen Welt, bis hin zu den Völkern Vorderasien getragen wurde.

Doch die Strahlung der Schwarzen Sonne ließ nach, als Mitte des 3. Jahrtausends (v. u. Z.) das Widderzeitalter endete. Damit neigte sich auch die Zeit der Sumerer ihrem Ende zu und sie kehrten in das Dunkel zurück aus dem sie gekommen waren.

Das Wissen um die Schwarze Sonne aber blieb und wurde in die Mythen ihrer Nachkommen aufgenommen und weitergegeben. Ein Beispiel sind die Göttermythen der alten Babylonier, wie folgender Text, daß Bruchstück eines „Gesichts" von Marduk, zeigt:

„Auf dem Gipfel des Götterberges waltet Marduk der Zeit. Schlimmes sieht er kommen, kann lange dieses Kommen nicht hindern. Fest steckt seines Speeres Schaft in der gläsernen Decke des Berges. Dunkles zieht auf, herrscht über das Lichte. In Bedrängnis liegt das Mitternachtsland gefangen; die Leichen gefallener Helden vermodern am Fuße des heiligen Berges. - Der Finsternis Heer drängt vom Westen heran, wild wälzt vom Osten die Menge der Sprachlosen (gemeint sind die fremdsprachigen Völkerschaften, d. A.) heran; nicht ist Babil mehr zu retten, nicht ist Assur mehr zu helfen; gelähmt liegt längst danieder Nordlands Kind. - Einsam trauert Marduk auf des Weltenberges Gipfel. Verloren ist die Heimat der Götter. Nicht singen sie mehr, nicht feiern sie ein Fest noch rüsten sie feurig zum Kampf. Selbst ihre Gedanken liegen in Ketten. Und Ischtar weint um ihr Volk. - Da hebt Marduk den Blick empor an die Grenzen des höchsten Lichts, wo Ischtar weinend steht.

Und er hört Ischtars Stimme zu sich klingen: ‚Herr Marduk! Beschirmer des Mitternachtsberges! Schleudre deinen Speer gegen den Feind! Errette unser Volk!' Da sprach Marduk und antwortete ihr: ‚Oh Ischtar! - Wie gern täte ich das, was du mir sagst! Doch das Volk liegt danieder, zermalmt ist das Reich, zahlreich ist der Feinde Gewalt - und der neue Sargon, der Befreier, der Rächer ist noch nicht da.' - Ischtar aber sah zu ihm und sprach: ‚Oh Marduk! Siehe was von unten gekommen ist, herrscht auf der Erdenwelt und beherrscht unser Volk, das einst von oben kam. Dulde es nicht, daß noch länger das Unten das Oben beherrsche, schleudere deinen Speer! Der ihn auffängt von den Unsrigen der wird der neue Sargon sein.' Da riß Marduk den Speer aus dem Boden heraus, hob ihn auf und schleuderte ihn mit Wucht zur Erdenwelt nieder. Und während Marduk so tat, befahl Ischtar den Gestirnen, ein neues Licht auszustrahlen - unsichtbar.

Auf der Erdenwelt tat Wirkung Marduks Speer: Einen neuen Willen gebar er dem Volk; eine neue Wut und Waffe. Im Lichtstrahl Ischtars reifte die neue Kraft - und ein neuer Sargon entstand dem Volke; er ergriff bald Marduks Speer. - Und ein gewaltiges Ringen hub an - bis das Unten besiegt war und das Oben erhöht und das neue Babil erbaut war. All dies ist zu schauen in ferner Zeit, all dies wird sein!"[7]

Marduk, sumerisch Samar-Utuk, ist der Gott der Weisheit und ordnete den Himmel. In babylonischer Zeit war er Gott der Stadt Babil und wurde später zum Reichsgott in ganz Babylonien, wo er viele Götter in sich vereinte. Ischtar, sumerisch Inanna, altbabylonisch Ischtar Ilu Mara Sin, ist die Hauptgöttin der Babylonier und Sumerer, die Herrin des Wachstums und Tochter des Lichts. Sie vereint alles Göttliche in sich. Die männlichen und die weiblichen Ilu – Kräfte (Ilu = akkadisch Gott). Sie aktiviert, das heißt sie wirkt wie ein Ventil auf die Feinstoffe, (Schwingungen) die für die Entfaltung der Lebenskraft (der Völker) notwendig sind. Solche Feinstoffe entstehen bei der Vereinigung der männlichen und der weiblichen Ilu – Kräfte, wie im vorangegangenen Text schon anhand der Ilu Ischtar dargestellt. Im Laufe der Zeit wird Ischtar, die Mittlerin Gottes, zur eigentlichen Überbringerin der Iluhe Kraft.

Diese Kräfte kann man sich als feinstoffliche Schwingungen vorstellen. Ischtar (hier als Göttin) symbolisiert aber nur eine bestimmte Zeit, ein Zeitalter (babylonisch: Adu). Wenn dieses Zeitalter angebrochen ist, in diesem Fall das Zeitalter der Ischtar, wird die Strahlung der Schwarzen Sonne wieder stärker. Sie (bzw. das Zeitalter) bestimmt die Stärke, die Intensität, mit welcher die Schwarze Sonne strahlt.

Schon bei den Priesterinnen der Ischtar aus der altbabylonischen Zeit, wie archäologische Funde beweisen, entdeckte man Darstellungen einer Doppelsonne auf Broschen und Haarschmuck. Hierbei wird trotz des späteren Zeitpunktes deutlich, daß die Schwarze Sonne und Ischtar in einem engen Zusammenhang stehen.

Eine babylonische Darstellung der Ischtar, um 1600 v. u. Z., zeigt sie mit ausgebreiteten Haaren zum Empfang der kosmischen Kräfte. In ihren Händen hält sie Symbole der Fruchtbarkeit. Ihr Kopf ist mit einer Kette geschmückt, die auf der Stirn in einer Perle endet. Diese Perle symbolisiert das „dritte Auge", das in das Innerste der Menschen blickt. Über ihrem Kopf schwebt die magische Sonne, die Quelle des göttlichen Lichtes.

Um auf die Problematik der Beziehung „Zeitalter - Schwarze Sonne" näher eingehen zu können, wollen wir uns vorab mit einer kurzen Erläuterung befassen. Genau wie die zwölf Sternzeichen im Laufe des Jahres über den Himmel ziehen, wird davon ausgegangen, daß unser Sonnensystem, innerhalb seiner Galaxis, um einen Zentralpunkt (die Zentralsonne) kreist. Während dieser Umrundung um den Zentralpunkt (genau wie Erde zu Sonne) wandern wir durch die uns bekannten zwölf Sternbilder, nur entgegengesetzt (vgl. Ilu Ischtar).

Es ist errechnet worden, daß ein Umlauf 25 860 Erdenjahren entspricht, das heißt, ein kosmischer Monat währt 2155 Jahre. Zur Zeit befinden wir uns im Übergang vom Fischzeitalter ins Wassermannzeitalter. Das Wassermannzeitalter hat bereits in der Mitte des 20. Jahrhunderts begonnen und ist nun langsam im Begriff die Fische zu verdrängen.[8]

Die Babylonier wußten darum und sie rechneten mit einem kosmischen Jahr von 26 000 Jahren, woraus sich die Dauer eines Zeitalters von 2166 Jahren ergibt (zur Information: Heraklit rechnete mit 18000 Jahren!). Der Übergang zwischen den Zeitaltern dauerte somit, nach dem Wissen der Sumerer, 168 Jahre. Diese werden in der sumerischen Mythologie als die drei Doppelschritte Marduks bezeichnet, von je 56 Jahren. In der Mitte dieser Umformungsphase ist somit mit dem erstmaligen Eintreffen des Ilu - Strahles zu rechnen.

Das Wassermannzeitalter, richtig bezeichnet als „Wasserkrug-zeitalter", in dessen Anfangsstadium wir uns befinden, ist das Zeitalter des Lichtes. In ihm dominiert die „Große Göttin". Für die Babylonier war dies Inanna/Ischtar, die Göttin der Venus. Sie reinigt mit ihrem göttlichen Licht, gleich der Reinigung des Wassers, die Welt von den dunklen Mächten der vorangegangenen 2000 Jahre. Ischtar wird in den Schriften auch als Göttin der Liebe bezeichnet. Sie symbolisiert also den kosmischen Akt der ewigen weiblichen und männlichen Kräfte. Dies stellt eine Versinnbildlichung der kosmischen Konstellation dar, in welcher die Strahlen der Schwarzen Sonne am intensivsten in empfangen werden können, vorausgesetzt in uns selbst besteht dieselbe Konstellation.[9]

Aus der Zeit Nebukadnezar II., letzter großer König des neubabylonischen Reiches, sind mehrere Weissagungen der bedeutenden babylonischen Priesterin Sajaha bekannt. Sie war die Beraterin und Seherin des Königs. In einer Vorhersehung heißt es:

„Es wird ein Licht wie ein junger Stern aufleuchten am Ende des Himmels. Das ist des Wasserkrug sich öffnender Deckel. [...]Tief hockt die Finsternis im Fleische der Völker, gleich heimlichem Gewürm. Hoch werden sie sitzen in den Sätteln auf dem Nacken der Könige und Fürsten. Verdunkelt zu sein scheint das Licht der Gerechten, denn diese leben in Einsamkeit. Das neue Babel aber wird erstahlen am Sockel des Berges in Mitternacht. Und der, welcher der Einsamste war, wird sein der neue König von Babel, der König der Könige im neuen Reich. Und ein Graus wird hereinbrechen über alle Knechte der Finsternis und all ihre Helfer. All ihr Gold wird dahinschmelzen zu schreienden Tränen - unter dem

leuchtenden Strahl des neuen Babels... Die Gerechten werden richten die Ungerechten und werden diese beschämen durch ihre Gnade."[10]

In einem weiteren Text heißt es:

„Babel wird untergehen für lange Zeit. Der dritte Sargon wird es erst wiedererrichten im Lande der Mitternacht! Dort und dann wird ein neues Babel sein."

Auch die Seherin Irini, im Text der Ilu Ischtar, weissagt ihrem König das gleiche Schicksal (Kap. 22):

„Ein anderer Sargon wird einst schlagen die entscheidende Schlacht. Wenn der Wasserkrug hinwegwäscht die Greul und heraufschimmert ein neuer goldener Glanz im Lande der Ahnen (Thule)."

Sajaha weist zu Beginn des Textes auf das Wasserkrugzeitalter *„[...] des Wasserkrug sich öffnender Deckel"* hin. Demnach prophezeit sie zu Beginn des Wassermanns ein Auferstehen des alten babylonischen Reiches im Norden, am Fuße des Mitternachtsberges. Der Mitternachtsberg ist das *Ultima Thule* der Hyperboreer, der Sitz der alten arischen Götter. Sie waren es, die das Wissen der Schwarzen Sonne zu den Sumerern brachten. Weiterhin beschreibt sie den Untergang der finsteren Mächte des ausklingenden Fischzeitalters. Das würde auf unsere Zeit bezogen, den Untergang des Christentums und der christlichen Moral (beispielsweise des Liberalismus oder eines antiökologisch ausgerichteten Kapitalismus) bedeuten. Dieses Licht, welches am Ende des Himmels aufleuchtet, ist das Licht, das nur im Innern strahlt: das Licht der Schwarze Sonne! Nun lieget es an U n s, das Licht der Schwarzen Sonne in uns selbst zu erkennen und in diesem Geiste ein neues Babilu (oder Tuhle) zu errichten. Als

Abschluß dieses Kapitels möchte ich die Erzählung „Von den drei Schlüsseln der Tiama“ zitieren, in welcher Sajaha die Kraft der Schwarzen Sonne empfängt:

„Zu der Zeit, da Nebukadnezar den Schatten des Mitternachtsberges (Turm zu Babel) in Babulon erbaute, da bat er nach heimlichem Rate der Sajaha, welche die drei Schlüssel der Tiama wieder gefunden hatte. Und es war in einer Neumondnacht auf der Spitze des heiligen Tempels, als der König nun die Sajaha nach des Geheimnisses Ursprung befragte. Und sie sagte ihm: Bei Esaglia liegt seit undenklichen Zeiten der Rumpf des versteinerten Schiffes mit den Vogelhäuptern, mit welchen die Ahnen gekommen waren mit ihnen Tiama- dorther vom Meere unter dem Mitternachtsberg. Da war sie gegangen, die Sajaha und hatte gar nicht gesucht, als sie tief im Innern des versteinerten Schiffes ein Klingen vernommen hatte und diesem folgte. Wie sie aber weitergegangen war, hatte sie jenes Klingen vernommen, als sei es in ihr selbst gewesen. Und es schien ihr, als singe eine Stimme in ihren Haaren, die ihr lose herabhingen, so als ob sie ein milder Wind durchsticht. Und doch war der Klang, den ihre Haare auffingen, wie ein Führer für sie gewesen.

So gelangte die Sajaha in den Leib des versteinerten Schiffes und dort fand sie, was noch keiner seit urdenklichen Zeiten gefunden hatte: drei steinerne Scheiben mit vielen Zeichen und Zeilen darauf, dabei der Tiama eigenes Siegel. Und wie sie (die Sajaha, d. A.) *zu lesen anfangen wollte, da las eine Stimme in ihr die alten Zeichen, welche durch die Saiten ihres Haares in ihrem Innern klang. So las und verstand sie den Sinn der fremden Zeichen inmitten der Nacht. Und da gab es das Folgende:*

Das aller gotthafter Strahl vom Mitternachtsberg kommt, den niemand kann sehen und der von der Säule des Himmels bis zum Ischtar - Stern reicht. Und es gilt, jene gotthaften Kräfte einzusehen und tätig zu benutzen zum Zwecke der höchsten Erfüllung, die des erschaffenen Menschen Gottwerdung bedeuten. Diese Kräfte, wie sie vom Mitternachtsberg kommen, sind nötig, um sie auf einem menschen-

geschaffenen Schattenbilde zu sammeln, das hoch zu erbauen notwendig ist. Und von dort zu schaffen die magische Brücke zwischen Erde und Ewigkeit. Dies Bauwerk sei der männliche Teil. Daß bedeutsam und wichtig die langen Haare der Frauen und Mädchen, weil dies weibliche Haar gleich magischen Saiten ist, welche die Kraftströme empfangen und mit ihnen zu wirken vermögen, die herbeikommen vom Mitternachtsberg, um weiter zu leiten. Ist alles zusammengenommen ein einziger Schlüssel: Bedarf es des Schatten vom Mitternachtsberg, von dessen Spitze das Weib die gotthaften Ströme in der Menge des langen Haares fängt und damit werktätig wird - in der sichtbaren wie auch in der unsichtbaren Welt - im Namen der Erfüllung.

Und war der Sajaha, damals im zweiundzwanzigsten Jahre ihres irdischen Lebens, schön kräftig ihr Haupthaar gewachsen, fast bis auf die Füße ihr reichen voller Ebenmaß. Dies war, weshalb sie, die Sajaha, schnell hohe Kräfte gewann. So liebte und ehrte sie der König von Babel.“[11]

Ägypten

Im folgenden Abschnitt wird die Suche nach der *Schwarzen Sonne* an den Nil verlegt. Hierbei sollen die Ausführungen weniger detailliert werden, da es sich hierbei weitgehend um eine Übernahme des sumerischen Wissens handelt und darüber hinaus größere Kenntnisse der geschichtlichen Abläufe Ägyptens, im Gegensatz zum Zweistromland, vorausgesetzt werden.

In Ägypten wurde, im Vergleich zu den Sumerern, die Himmelskunde rein objektiv und zweckmäßig betrachtet. Waren bei den Sumerern die Sterne und Planeten eng mit den Götterdichtungen verbunden und jedem Himmelskörper mindestens eine Gottheit zugeteilt, so zeigte sich in Ägypten eine neue Deutungsweise der Schwarzen Sonne.

Ausgenommen von der Sonnen- und Orionverehrung, wurde im alten Ägypten der Lauf der Gestirne als eine astronomische Wissenschaft betrachtet. Aufgrund dieses Aspektes kam es zu einer neuen Betrachtungsweise hinsichtlich der sachlichen Auslegung der Schwarzen Sonne. Hier trennen sich Erscheinung und Wirkung deutlicher als in der sumerischen Mythologie.

Die alten ägyptischen Mythen des Sirius (ägyptisch: Sothis) verwoben sich mit den sumerischen Mythen der Schwarzen Sonne. Der Fixstern Sirius spielte in der ägyptischen Mythologie eine große Rolle. Die Ägypter hatten die Vorstellung, daß ihre Vorfahren aus dem Sternbild des Orion kamen. Ein Zeugnis hiervon bilden die großen Pyramiden von Gizeh. Der südliche Schacht der Königskammer, in der Cheopspyramide, zeigt genau auf den Gürtel des Orion und einer der blockierten Schächte auf den Sirius (Sothis). Die Anordnung der drei Pyramiden stimmt mit derjenigen Anordnung überein, welche die drei Sterne Alnitak, Alnilam und Mintaka im Gürtel des Orion haben. Es gibt darüber hinaus in vielen ägyptischen Schriften Hinweise zur Erde-Sirius-Verbindung. Zudem gibt es in der heutigen Zeit immer wieder Forschungen auf anthropologischem und auch parapsychologischem Gebiet, welche sich mit der Herkunft der menschlichen Art vom Sirius befassen. Im Ägypten des 4. Jahrtausends (v. u. Z.) leitete Sirius/Sothis das ägyptische Neujahr ein. Am Tag eines solaren Aufganges, welcher etwa dem 20. Heuert unseres Kalenders entspricht, wurde das Neujahrsfest rituell gefeiert. Dieses Fest verschob sich dann immer wieder durch die ungenaue Tag - Jahr Berechnung des ägyptischen Kalenders. Aber dies sei nur am Rande bemerkt.

Der Sirius befindet sich im Sternbild des großen Hundes. In unserer Sprache sind jene Tage im Hochsommer, voll glühender Hitze, noch als Hundstage bekannt. Da der Jahresanfang in die fruchtbare Zeit der Nilflut fiel, wurde der Sirius schon frühzeitig zum Symbol der Fruchtbarkeit und somit ebenfalls die Götter, welche dem Sirius zugeordnet wurden. Als Göttin des Sirius/Sothis wird die altägyptische „Herrin des Neujahrs“ - Sopdet angenommen. Später wurde sie zu Isis-Sopdet und hierauf zur Isis.

Die Isis hat ihre Ursprünge im Zweistromland. Mythologisch betrachtet ist sie eine Abwandlung der sumerischen Inanna (Ischtar). Nur wird hier die Schwarze Sonne nicht wie beim Ischtarkult als unsichtbare Zentralsonne über dem Mitternachtsberg aufgefaßt, sondern als das Licht des Sirius (Sothislicht). Isis war eine der beliebtesten Göttinnen bis hinein in die Römerzeit. Sie galt als Mutter- und Schutzgöttin und als Herrin der Zeugung (im doppelten Sinn). Sie hauchte dem toten Osiris den Odem des Lebens ein und sie zeugten zusammen den Gott Horus. Weiter heißt es in einem alten ägyptischen Text, daß sie mit Osiris den Morgenstern zeugte. Die Isis wird in ägyptischen Zeichnungen oft mit einem Stern auf dem Haupt dargestellt und als „Geist des Sirius“ bezeichnet. Der Sirius/Sopdet war das „dritte Auge“ der Isis. In diesem Zusammenhang hat sie die gleiche Bedeutung wie

Ischtar bei den Sumerern. Sie wirkt als Botin der Schwarzen Sonne und als Überbringerin ihrer göttlichen Kräfte. Zudem wurde sie in den Geheimriten der ägyptischen Hohepriester beschworen.

In den Isismythen wurden die unendlichen Kräfte des Kosmos gebunden, daß heißt, die Isis wurde beschworen um die Kräfte der Schwarzen Sonne freizusetzen. Isis ist die Herrin des Kosmos und seiner Mächte. Während des Ritus durchschritten die Eingeweihten den Weg durch das All und die Elemente. Apulejus beschrieb in seinem Roman „Vom goldenen Esel" wie seine Romanfigur Lucias in die Isismythen eingeführt wurde. Lucias beschreibt seine „Reise durch die Elemente" folgendermaßen:

„Ich ging bis zur Grenzscheide zwischen Leben und Tod. Ich betrat Proserpines Schwelle, und nachdem ich durch alle Elemente gefahren war, kehrte ich wiederum zurück. Zur Zeit der tiefsten Mitternacht sah ich die Sonne in ihrem hellsten Lichte leuchten. Ich schaute die unteren und oberen Götter von Angesicht zu Angesicht und betete sie in der Nähe an. Siehe: Nun hast du alles gehört. Aber auch verstanden? Erst gegen Morgen war die Einweihung vollendet."[12]

Soviel erst einmal zur Erscheinungsform der Schwarzen Sonne im alten Ägypten. Nun sollen noch ein paar Worte über die Manifestation ihrer Kräfte in den ägyptischen Mythen folgen.
Die Kraft, beziehungsweise die Energie, welche das Sothislicht freisetzt, wird im ägyptischen *Se-khem* genannt. Es ist die gleiche Energie, welche die Ägypter auch als Urkraft *Heka* kannten, aus der das Universum und der Sonnengott Re selbst entstand. Das *Se-kehm* kann man gleichsetzen mit allem Urgöttlichen, es ist das Gott. Das Gott erfüllt sich in den Formen der Völker und in ihren Taten.

Wenn sich diese göttliche Energie in großen Kulturen entfaltet, versinnbildlicht sie sich in den Göttern der jeweiligen Religion.

Diese Energie mit „Bewußtsein" kann demnach alle Formen durchdringen: Feen, Elfen, Menschen, Götter, Sturm, Wasser, Waldduft, usw., daß heißt, ebendiese Erscheinungen sind von jener Strahlung durchwoben. Gott ist die durchdringende Energie, die alles, was existiert, erfüllt als auch umgibt. Dies kann auch für ein Volk gelten, da der Geist beziehungsweise die Volksseele die Schwingungen dieser Strahlen empfangen kann. Dies gilt beim Menschen hauptsächlich für den psychischen Aspekt. Genau das ist das Verständnis des ägyptischen *Se-kehm*, der Schwarzen Sonne. Dieses Wissen wurde nach dem Untergang des ägyptischen Weltreiches in die Religionen der Hellelen, Römer und Juden übertragen. Abschließen möchte ich dieses Kapitel mit einem Ausspruch Echnatons (Amenophis IV 1364 – 1347 v. u. Z.):

„Das Licht Deiner Sonne ist der Abglanz des Lichtes Deines Geistes und wir haben jetzt erst erkannt, daß nur jene Seele Deine Gegenwart, Größe und Herrlichkeit fühlen und Dich wahrhaft erkennen kann, welche die Finsternis zu fliehen, ihren Geist zum Lichte Deines Geistes zu erheben und dessen Reinheit teilhaftig zu werden trachtet und dadurch selbst auch Licht wird."

Nach dem Verschwinden, beziehungsweise dem Verdrängen, des ägyptischen Glaubens durch Römer, Griechen und orientalische Völker, verschmolzen die ägyptischen Götter und ihre Erzählungen oft mit denen ihrer Eroberer. So ging das Wissen (über die Schwarzen Sonne) in andere Religionen über (vgl.: den Untergang der Babylonier). Der Mythos der Schwarzen Sonne klang in den Kulten der Isis/Ischtar/Venus fort, welcher dort unter verschiedenen Namen in den Mittelmeerkulturen eine zentrale Stellung einnahm. Ein Beispiel dazu ist der nachfolgende Textauszug aus den vorhin schon erwähnten Isismysterien:

„[...] Ich, Allmutter Natur, Beherrscherin der Elemente, erstgeborenes Kind der Zeit, Höchste der Gottheiten, Erste der Himmlischen, ich, die ich in mir allein die Gestalt aller Götter und Göttinnen vereine, mit einem Winke über des Himmels lichte Gewölbe, die heilsamen Lüfte des Meeres und der Unterwelt klägliche Schatten gebiete; ich, die alleinige Gottheit, welche unter so mancherlei Gestalt, so verschiedenen Bräuchen und vielerlei Namen der ganze Erdkreis verehrt, - denn mich nennen die Erstgeborenen aller Menschen, die Phrygier, pessinuntische Allmutter, ich heiße den Athenern kekropische Minerva, den eiländischen Kypriern paphische Venus, den pfeilführenden Kretern dictynnische Diana, den Eleusiniern Altgöttin Ceres. Andere nennen mich Juno, andere Bellona, andere Hekate, andere Rhamnusia. Sie aber, welche die aufgehende Sonne mit ihren ersten Strahlen beleuchtet, die Aethiopier, auch die Arier und die Besitzer der ältesten Weisheit, die Ägypter, mit den angemessensten, eigensten Gebräuchen mich verehrend, geben mir meinen wahren Namen: Königin Isis.“[13]

Als das Fischzeitalter über die Welt hereinbrach und mit ihm verwoben das Christentum die alten heidnischen Religionen verdrängte, ging dieses alte Wissen meist in den Geheimkulten neuer religiöser Gruppen auf. Die Wichtigsten unter Ihnen waren die Essener, die Pythagoreer, die Manichäer, die Ismaeliten, die Waldenser, die Bogomilen und die Assissinen.

Das Geheimwissen vieler dieser Organisationen wurde später in einem Orden der Christenheit zusammengefasst, im *Frates militiae Templi*, dem Orden der Tempelritter. Er wurde im Jahre 1118 durch Hugo von Payns, Gottfried von Saint-Omer und weiteren sieben Rittern zum Schutze der Jerusalempilger in der Champagne gegründet.

Der Orden hatte einen hierarchischen Aufbau, das heißt, die Mitglieder waren (pyramidenförmig) in verschiedene Stufen aufgeteilt. Die höchste Stufe, der innerste Kern, war verbunden mit der Einweihungsstufe (dem Initiationsritual) in das Geheimwissen des Ordens, welche jedoch nur wenige erreichten. Diese Einführungsstufen lehnten sich am Aufbau der Essener und Ismaeliten an. Innerhalb kürzester Zeit wuchs der Orden der Tempelritter zum mächtigsten und reichsten Orden des Abendlandes, der nur noch dem christlichen Oberhaupt unterstand. Er besaß ausgedehnte Ländereien in ganz Europa und war reich an Gütern verschiedenster Art.[14]

Das Geheimwissen der Templer war eine Fortsetzung der esoterischen Geheimlehren des Orients, der alten Ägypter und folgte den Traditionen der jüdischen Kabbalisten und Hermetikern, die über die Bruderschaft der Baumeister weitergegeben wurde. Im Herbst des Jahres 1307 wurden die Tempelritter Frankreichs unter der Anweisung von Philipp dem Schönen, König von Frankreich, verhaftet. Zunächst jedoch legte der Papst Widerspruch ein und beteuerte die Unschuld der Templer. Was war geschehen? - Die Templer hatten zu diesem Zeitpunkt in Frankreich etwa 2000 Komtureien und mehr als zwei Millionen

Hektar Land. Zudem fehlte dem König ein gewaltiger Geldbetrag für einen bevorstehenden Kreuzzug. Da sich der Papst der willkürlichen Enteignung der Tempelritter von Seiten des französischen Königs entgegenstellte, zeigte Philipp der Schöne die Templer der Ketzerei an. Dieser Schachzug des Königs bewirkte eine Anklage von Seiten der Inquisition und in der Folge stand das Verfahren unter der Macht der Kirche. Die Anklagepunkte waren folgende: Verleugnen von Gott und Jesus Christus, vergeben von Sünden ihrer Untergebenen, Pflege einer gnostischen Geheimlehre und ausüben eines Teufels- und Hexenkultes, bei welchem ihr Gott „Baphomet" (siehe Bildnachweiß) verehrt wurde. Auf diese Vergehen stand die Todesstrafe.[15]

Daraufhin befahl der Papst im Frühjahr 1308 die Tempelritter in allen Reichen festzunehmen und ihnen den Prozess zu machen. Am 12. März des Jahres 1312 wurde der Ritterorden aufgelöst und im März 1314 starb der letzte Großmeister, Jakob de Molay, auf dem Scheiterhaufen. Welches Wissen hatten die Templer und wohin wurde es weitergegeben?

Die Templer verehrten die große Göttin als Mutter alles Göttlichen, welche immer einen Gott als Geliebten und Bruder an ihrer Seite hat. Hierbei fallen sofort die gleichen Vorstellungen, welche schon die Sumerer und Ägypter in ihren Ischtar/Isis - Mythen sahen, ins Auge. Die Große Göttin gebiert aus sich selbst heraus den männlichen Teil, der sie dann befruchtet und wieder stirbt. Dies ist zu vergleichen mit dem Kreislauf unserer Sonne, das heißt, mit der Geburt des Lichtes zum Julfest und der lebensspendenden, erbaulichen Kraft im Jahreslauf. In diesem Vorgang zeigt sich analog dazu das kosmische Jahr der Schwarzen Sonne. Die Symbolik der Großen Göttin spiegelt sich in den runden Kirchenbauten der Templer wieder, die als eine Anlehnung an die Steinkreise der nordischen Völker zu betrachten sind. In jenen Steinsetzungen wurde der Lauf der Sonne verehrt, welcher durch die „Große Göttin“ alljährlich wiedergeboren wurde. Die „Große Göttin“ der Schwarzen Sonne verehrten die Tempelritter im Bild des Baphomet. Der Baphomet war eine Frauenstatue die nach eigenen Aussagen der Templer (während der Verhöre) einen bärtigen Männerkopf besaß. Nach anderen Aussagen soll es der Kopf eines Schafsbockes gewesen sein.[16] Die Baphometfigur des süddeutsch/österreichisch/norditalienischen Ordenszweiges zeigt ein männlich/weibliches Doppelhaupt, daß auf den Zöpfen der weiblichen Seite steht. Am Ende der Haare ist ein Stein eingelassen, der als der „Garil“ (Gral) des Königs Nebukadnezar II. von Babylon angenommen wird. Am oberen Ende der Figur ist ebenfalls eine Aussparung in der sich der „Schwarze Stein“ befunden haben soll.[17]

Hierin findet man eine augenscheinliche Parallelität zwischen den Steinen beziehungsweise der Baphometfigur selbst und dem Gral der keltisch-hyperboräischen Mythen. Der untere Stein bildet die männlich/solare Kraft, wogegen der obere Stein die Kraft des weiblich/lunaren Aspektes darstellt. Auf diesen Zusammenhang möchte ich jedoch später noch etwas näher eingehen. Wenn man die Baphomet-Figur des männlich/weiblichen Doppelhauptes als die grundsätzlich verwendete Form annimmt, so ist beispielsweise die eingangs erwähnte Darstellung des Schafskopfes nur als ein symbolisches Abbild des Originales zu betrachten. Sie zeigt den Kopf Luzifers und den gebärenden Körper der Isis/Ischtar in verschmolzenem Zustand, gleich den entgegengesetzten kosmischen Kräften.

Anfang des 20. Jahrhunderts fand der Orientforscher Edmund Meyer eine dem Baphomet ähnliche Figur, welche in das altbabylonische Reich datiert wurde.

Woraus lässt sich nun der Name „Baphomet“ ableiten? In diesem Begriff stecken zwei babylonische Wörter: „Bab“ und „Kome“. „Bab“ bedeutet „Tor“ und „Kome“ „Lichtstrahl“, also „das Tor zum Lichtstrahl“. In ihm sind wieder die männlichen und weiblichen Ilu-Kräfte der Babylonier vereint. Wenn diese beiden

Ilu-Kräfte vereint werden, entsteht daraus die allschöpferische Göttlichkeit, die „Iluhe“, die „Schwarze Sonne“. Dabei spielt die Haarpracht der weiblichen Seite, hier als die Zöpfe dargestellt, eine wichtige Rolle.[18] Genauso wie bei der babylonischen Seherin Sajaha dienen sie zum Empfang der Ilu-Schwingungen. Es werden die beiden Urelemente zusammengeführt um aus deren Gegensätzlichkeit die Schöpfung entstehen zu lassen. Die Figur des Baphomet soll aber nicht nur die symbolische Bedeutung der Schwarzen Sonne ausdrücken, sondern in einem Ritual auch die Ilu-Schwingungen empfangen und den gebündelten Strahl auf den Astralkörper des Menschen übertragen. Der Astralkörper ist im Gegensatz zum mineralisch, grobstofflichen Körper, der innere Seelenleib, der durch den Iluhe Strahl neue Impulse erhält. Auf diese Weise kann in einem Zeitalter, in dem die Strahlen der Schwarzen Sonne eine starke Kraft besitzen, der Impuls auf ein ganzes Volk wirken und dann zu einer Wiedergeburt einer göttlichen Rasse führen (...wie dereinst die Hyperboreer!). Mit Hilfe der Baphometfigur konnten die Templer die unsichtbare magische Sonnenkraft in das Diesseits lenken, zumal sie sich im Fischzeitalter befanden, in welchem die Ilu-Kräfte kaum spürbar waren. Dieses Ritual wird in einer Erzählung geschildert, deren Grundlage das Tagebuch der Agnes S. N. bildet. Dieses Tagebuch wurde nach einem Traum der Agnes S. N. verfasst und schildert folgendes:

„Alle Vorbereitungen für die Zeremonie sind getroffen worden. Um Mitternacht, wenn der Stern Venus eine ganz bestimmte Position am Himmel eingenommen haben würde, mußte das hohe Ritual vollzogen werden. Zwei Ritter enthüllen die hohe Figur, die bis dahin von einem violetten Tuch verdeckt gewesen war. Jetzt erstrahlte der große Baphomet. Es war eine merkwürdig anzuschauende Figur aus purem Gold. Sie zeigte ein Doppelhaupt mit einem weiblichen und einem männlichen Gesicht. . . Über dem Altar ragte die goldene Statue einer Göttin auf. Ihr Unterleib glich einer Lilie, aus der sie herauszuwachsen schien. Die

langen Haare der Göttin breiteten sich aus wie im Winde wehend, so daß sie an Flügel erinnerten. Es waren die geistigen Schwingen der Göttin Ischtar, der Venus, durch welche sie gleichsam ihre Kräfte ausstrahlte [...]. Jetzt naht die erste Stunde der Göttin. Doch noch fern ist ihre zweite, die zur Vollendung führt. Zunächst wird es gelten, die Zeit der Finsternis durchzustehen - durch manche Generationen - bis das Licht erwacht und die Göttin ihre Kräfte auf Erden entfaltet. Dies wird erst sein, wenn sich der Wasserkrug öffnet (das Wasserkrug-zeitalter/Wassermannzeitalter anbricht – d. A.) auf dem Grat vom zwanzigsten zum einundzwanzigsten Jahrhundert. Bevor das neue Licht kommt, wird die Finsternis fürchterlich wüten [...]. Wenn aber die Morgenröte der Göttin aufsteigt am Himmel der Zeit, dann wird ihre rosige Farbe überall herrschen, die blutigen Kreuze werden weichen der leuchtenden Lilie der heiligen Göttin der Liebe [...]. Nun wird der Geist des Großen Kaisers in den Baphomet hineingerufen werden für manche Jahrhunderte, damit er einst neu erstehen möge, um diese Welt zu regieren im Geiste und im Namen der Göttin [...]. Die ewigen Kräfte des Ilu, des Männlichen und des Weiblichen, allen Göttlichen Gipfel und höchste Macht, sollen jetzt zeugend werden zum anderen mal [...] und gab ihre Zopfspitzenenden der anderen Blonden. Diese ging zur Figur des Baphomet und zog in deren Sockel eine kleine Schublade auf. Sie nahm einen funkelnden Kristall heraus und streute die Haarspitzenschnipsel hinein. Den Kristall indes brachte sie der Priesterin. Diese hielt ihn dem entkleideten Ritter hin und sagte: ‚In diesen männlichen Stein, den Garil (Gral – d. A.), wird nun des Kaisers Geist Einzug halten. Ilua, das weibliche Gegenstück, liege sicher verborgen im heiligen Berg Wodins (Odin / Wotan, d. A.) und harrt der neuen Zeit. Für deren Geburt werden dann die beiden Kristalle im Großen Baphomet vereinigt werden durch eine würdige Frau fließen!'

Ihre Haare begannen auf ganzer Länge in einem hellen rötlich - violetten Schimmer zu leuchten. Dieses Leuchten erfaßte bald ihre ganze Gestalt. Der Ritter kniete vor ihr nieder und küßte die Spitzen der langen Haare der Priesterin. Auch auf ihn ging dadurch das rötlich-violette Leuchten über. . .

Die Runde der Ritter begann ein leises melodisches Summen, und die beiden Frauen auf dem Sockel des Baphomet griffen an ihren starken gemeinsamen Zopf und riefen dazu die göttlichen Mächte [...] die Ströme des göttlichen Lichtes Ilu an.

Die Priesterin und der erste Ritter umarmten einander, sie vollzogen den Liebesakt vor dem Altar der Liebesgöttin. Dabei wurde das Leuchten um sie herum immer stärker und rötlicher - bis sich die beiden Gestalten in ein purpurnes Licht auflösten.

Die Strahlen dieses Purpurlichts ballten sich und wurden von dem doppelten Zopf der beiden Frauen bei der Baphomet-Figur angezogen. Es hüllte auch diese beiden völlig in Purpurschein, sammelte sich in dem starken Zopf und ging von dort aus in die Figur des großen Baphomet ein. Die Priesterin und der erste Ritter indes waren für diese Welt verschwunden. Ihre letzte Spur war ein rötlicher Schimmer in den zusammengeflochtenen Haaren der beiden Frauen auf dem Sockel des Baphomet.“[19]

Es wird vermutet, daß diese Baphometfigur sich in der Wiener Blutgasse befunden haben soll, im Templerordenshaus der Augsburg-Wien-Genua-Linie. Während der Inquisition versteckte man sie an einem, bis dato unbekannten Ort, etwa in Österreich oder Italien, vielleicht aber auch in den unterirdischen Gängen des Tempelhof's in Berlin. Nach anderen Informationen ist sie heute im Besitz der geheimen Erbgemeinschaft der Templer.[20]

Eine andere Templerchronik besagt, daß im Jahre 1235 die Templer Emmerant und Roderich in den Ruinen von Karthago nach Schriften der Marcioniter suchten. Der Roderich-Bericht erzählt die Handlung zweier Männer, denen während dieser Suche die Liebesgöttin Ischtar erschien und ihnen die Zukunft Europas offenbarte. Die Vorhersehungen der Ischtar werden im Roderich-Bericht und in den Ischtar-Evangelien wiedergegeben. Nach dieser Erscheinung fanden die Ritter, laut der Wegbeschreibung Ischtars, ältere Schriften jeglicher Art, von denen auch einige zur Grundlage der Ilu Ischtar wurden. Die Offenbarung Ischtar gleicht derjenigen der babylonischen Seherin Sajaha. In dieser Offenbarung heißt es unter anderem:

„Einst bestimmte durch mich (Ischtar) und in mir die Gottheit die Leute von Babil, die Ausgezeichnete waren und an Klarheit des Wesens über allen jener Zeit standen, das Reich der Wahrheit zu schaffen. Sie bauten auch gut daran, und Nebukadnezar zerstörte endlich gar Jahus Höllenschrein. Und doch konnte die große Stadt, die zur Mitte der Welt (Erde) hätte werden sollen und zum Licht für alle Völker, schließlich nicht obsiegen. Noch weniger gelang dies dann der neuen Stadt, in deren letzten Ruinen Ihr Mich jetzt seht [...]. Ein anderes Volk ist ausersehen, das dem von Babil am ähnlichsten ist: Das Volk der Deutschen, zu dem auch jene Franken gehören, die inzwischen eine andere Sprache angenommen haben und sich deshalb irrig als gesondertes Volk verstehen. [...] Ein neues Reich wird die letzte Fackel des göttlichen Lichtes sein, die alle Welt erhellen zu können berufen ist. Und dazu wird die Zeit gekommen sein, wenn das Sternbild der Wasserkrugs über der Welt (Erde) zu stehen kommen wird, mit dem magischen Wasser des Lebens, das die Höllenglut Jahus auf immer kann erlöschen machen. Denn wo der Kampf wird vielleicht notwendig werden, wird die Gottheit mit den Waffen jenes neuen Lichtreiches sein und den Sieg über noch so zahlreiche Feinde erzwingen [...]. Ich werde mit den Erben meines Babil sein – immerzu."

Nach dieser Offenbarung wurde die Hauptstadt des Neuen Babylon gegründet, der Tempelhof in Berlin.[22] Den zweiten wichtigen Aspekt der Templermysterien stellt der oben schon erwähnte Gral der Artus-Saga dar. Der Figura des Baphomet wohnen die gleichen Eigenschaften wie dem Gral der hyperboräischen Sage inne. Baphomet läßt sich gleichfalls auch in die griechischen Worte βαφη γηνσυδ zerlegen, was sich mit „Taufe der Weisheit" übersetzen läßt. In gnostischen Schriften ist die Trägerin der Weisheit eine Frau, meist eine Jungfrau. Die Figura Baphomet ist demnach ein Einweihungsgegenstand (im transzendentalen Sinn) während eines initiatischen Rituals um die übergeordnete Weisheit zu empfangen, gleich einem inneren Schein der Schwarzen Sonne. Somit verbindet sich im heidnischen Baphomet und christlichen Luzifer das gleiche lunare Wesen, das den Gral dem Erwählten überreicht.[22]

Ein weiteres Verbindungselement hinsichtlich der Templerüberlieferungen ist die hermetische Tradition. Die auch in Fraktionen der Templerschaft praktizierte Alchemie verfolgte als höchstes, erklärtes Ziel die Erschaffung des *Stein*['s] *der Weisen*, ein Element das vergleichbare Attribute zu den Zielen des Baphomet Ritus aufweist. Hier werden die lunaren Kräfte (alchemistisch: Quecksilber/Blei) in den solaren Zustand (Gold) umgewandelt. Gerade dies hat im Metaphysischen sein Gleichnis gefunden, denn der Gral beziehungsweise die Suche nach ihm, erweckt die Tradition[en] des *„Goldenen Zeitalters"* und somit die erhöhte Intensität der violetten Strahlung. Hierdurch wird der Vergleich mit dem Baphomet der Templer und der Androgynie der Alchemie begreifbar. Das *„Purefatico"* der Alchemie, das Schwärzeste des Schwarzen, der Zustand der Verwesung, hat hier ein augenscheinliches Gleichnis mit dem Übergangsstadium des Schwarzen-Sonne-Mythos.

Kommen wir noch einmal zur Überlieferung der Gralssage. Die Verbindung der Gralsritter zu den Templern wird in den Dichtungen des Frühen Mittelalters sichtbar. Bei Wolfram von Eschenbach heißen die Gralshüter „von Munsalvaesche der Temleis"[23], die *„Templer von Montsalvatsche"*. Robert de Borons „Perlesvax" sieht die Gralsritter als asketische Krieger mit rotem Kreuz auf weißem Gewand und auch Parzival setzt mit einem weißen Segel, auf welchem das Rote Kreuz prunkt, zur Gralsinsel über. Eine bestehende Parallelität zu den Templern ist hier nicht abzustreiten. Der Ursprung der Gralssaga liegt im solaren hyperboräischen Zeitalter. Wir stoßen hier auf eine Analogie zum Schwarze-Sonne-Mythos. Der Gral wird hierbei zum wichtigsten

Element zur Wiederherstellung der alten Tradition. Die Tempelritter, wie vielleicht auch die Katharer später, waren die Hüter des solaren Wissens, welche mit den Symboliken der Schwarzen Sonne ein exoterisch anderes Bild ergeben. Jedoch versinnbildlicht jenes Wissen die gleichen initiatischen Wesensinhalte.

Als der Untergang des Templerordens besiegelt war, mußte das Geheimwissen gerettet werden. Im Herbst 1306 traf sich der letzte Großmeister der Templer, Jakob von Molay, mit dem Großmeister des Ordens von Zion, Wilhelm von Gisors, und sie beschlossen das weitere Vorgehen. Daraufhin entstand 1306 in Frankreich die *Compagnonnage* (die Gesellenbruderschaft) und die *Hermetische Baumeistergesellschaft* in der geheimen Tradition des Templerordens. Ferner wurde das Wissen in den weiter bestehenden geheimen Templerformationen gepflegt, beispielsweise in der *Societas Templi Marcioni* (Erbengemeinschaft der Tempelritter) oder aber auch bei den *Herren vom Schwarzen Stein*, die schon während der Templerzeit der Komturei XVI der SIGNUM SECRETUM TEMPLI, unter Hugo von Weitenegg in Wien bestand.

Dieses esoterisch-orientalische Wissen war auch ein wichtiger Kern von später entstandenen alchemistischen Geheimbünden, wie zum Beispiel der *Rosenkreuzer* (1494 Schleswig), die schon in gewissen Formationen während der Templerzeit bestanden, sowie letztendlich selbst die Tradition der Freimaurer darauf beruht. Die Rose der Rosenkreuzer stellt ebenfalls die vereinende Kraft des männlichen und weiblichen Aspektes dar. Durch die kosmische Vereinigung der Senkrechten (= Erde, weiblich) und Waagerechten (= Himmel, männlich) entsteht die ewige Kraft der Schwarzen Sonne (= die rote bzw. violette Blüte der Rose, gleich den roten Kreuzen der Tempelritter).

Auch der am Anfang des 16. Jahrhunderts in Venedig entstandene Geheimbund Ordo Bucintoro nahm die alten Ziele und Vorstellungen der Templer wieder auf und versuchte sie im italienischen Bürgertum zu festigen, um das Abendland auf das Reich des „Goldenen Zeitalters“, das „Imperium Novum“, vorzubereiten. In Deutschland wurde Dessau die Drehscheibe des Ordens, der bis in das 18. Jahrhundert hinein existiert haben soll. Der von Julietta de Montefeltro gegründete Orden arbeitete mit den Einweihungsriten der erloschenen Wiener Templer Sektion weiter und führte diese in verschiedenen Venuskulten fort. 1944 sollte diese Vorgehensweise von Otto Skorzeny und Valerio Borghese im Sinne eines Heiligen Römischen Reiches wieder aufgegriffen werden.[24] Der folgende Auszug aus der Templeroffenbarung zeigt noch einmal, welcher Macht das Imperium Novum unterworfen ist:

„Durch den Nordstern - den Stern der Ischtar, der Göttin um Thule und Babel - wirken hohe magische Prozesse. Der Mitternachtsberg ist gleichsam Hochsitz der lichten Kraftströme. Die berühmten Nordlichter bilden Kräfte und Schwingungen, zu denen auch die Vril-Ströme zählen. In schweren Zeiten, in denen materialistische Kräfte vorherrschen, ist die Kraftquelle der Aufrechten, die dunkle Sonne, die Schwarze Sonne, die eigentlich nicht schwarz sondern von tiefdunklem Purpur ist. Die Schwarze Sonne kann des Menschen Auge nicht sehen und doch ist sie da. Wie die helle Sonne im Innern des Menschen. Durch sie wirkt die lichte Macht der wahren Gottheit.“[25, 26]

Der Anbruch der neuen Zeit

„Rudolf Glauer“

Im Jahre 1917 trafen sich im Wiener Cafe Schopenhauer vier Personen mit dem Prälat Gernot von der Erbengemeinschaft der Tempelritter, es waren Freiherr Rudolf von Sebottendorf, Karl Haushofer, Lothar Waiz und Maria Orschitsch (Orsic).

Bei diesem Treffen erhofften sie etwas über die Offenbarungstexte der Templer und der geheimen Templersektion *„Die Herren vom Schwarzen Stein“* von dem Prälaten zu erfahren.[27] Während dieser Unterredung eröffnete ihnen Gernot die Offenbarung der Templer: „[...] vom kommenden Wasserkrugzeitalter und der Zentralsonne die dieses bewirkt“. Es war die Rede vom kosmischen Jahr, welches 25860 Jahre währt und das der Übergang vom Fisch- ins Wasserkrugzeitalter, eine Umformungsphase von 168 Jahren, den „Drei Schritten Marduks“, benötigt. Während des zweiten Schrittes, das heißt, in der Hälfte der 168 Jahre, wurde das Erstauftreffen des „ILU - Stahles“ vorhergesagt. Nach den Berechnungen der Templer wurde dieses Ereignis für 1968 vorausgesagt. Demnach waren auch für den Beginn 1934, und dem Ende 1990, wichtige Ereignisse vorhergesehen. In der Vorhersehung war ein germanisches Volk mit der Schaffung eines Lichtreiches verbunden und dieses sollte sich im neuen Zeitalter erfüllen. Kurze Zeit später traf sich Sebottendorf, nach einer Empfehlung des Prälaten, mit Vertretern der *Herren vom Schwarzen Stein*, um mehr über das Kommende zu erfahren. *Die Herren vom Schwarzen Stein* gründeten sich 1.221 aus der marcionischen Templergemeinschaft und hatten es sich zur Aufgabe gemacht, im Sinne der Offenbarung für die Entstehung des zukünftigen Lichtreiches zu kämpfen (benannt nach dem schwarzen Stein der Isais).

Freiherr Rudolf von Sebottendorf wurde unter dem Namen Alfred Rudolf Glauer in der sächsischen Kleinstadt Hoyerswerda geboren. Nach einem abgebrochenen Maschinenbau-Studium und vielen Seereisen im Dienste der Marine verschlug es ihn in die Türkei. Dort begann er sich intensiv mit dem Geheimwissen islamischer Alchemisten und ägyptischen Einweihungsschriften zu beschäftigen und kam ebenfalls mit dem griechischen Juden Termudis in Kontakt, von welchem er in die jüdische Geheimlehre eingeführt wurde. Termudis brachte ihm auch freimaurerische und rosenkreuzlerische Texte nahe und vererbte ihm seine okkulte Bibliothek.

Zurück in Deutschland interessierte er sich stark für den Germanenorden Helmut Pohls und wurde am 21. Julmond des Jahres 1917 Meister der bayrischen Ordensprovinz. In der folgenden Zeit wurde er zur bedeutendsten Figur im Münchner Orden, der 1918 schon über 1500 Mitglieder zählte. Es wurden Zeitschriften verlegt, Vorträge gehalten und ein Kampfbund für das kommende Lichtreich gegründet. 1918 wurde diese bayrische Ordensprovinz des Germanenordens in die Thule Gesellschaft umbenannt um das Aufsehen der Räterepublik nicht auf sich zu lenken. Als Schüler und engster Mitarbeiter dieser Zeit gilt der Kriegsveteran Walter Nauhaus, der auch den Namen „Thule“ anregte. Auch Nauhaus hatte Auslandserfahrungen vorzuweisen und beschäftigte sich mit okkultem Wissen. Er studierte die Schriften des Guido von List, las Peryt Shou und interessierte sich ebenso für die Kabbala und die Mysterien der Hindus und Ägypter. Walter Nauhaus wurde am 30. Ostermond 1919, während der Herrschaft der kommunistischen Räterepublik, in München von einem Erschießungskommando hingerichtet. Ihm wurde vorgeworfen ein Thule – Mitglied zu sein (Auch hatten die Kreise der Thule Gesellschaft Kontakte zu den Mitgliedern des Golden Dawn, einem Zusammenschluß esoterischer Freimaurer in England, welchem z. Bsp. Aleister Crowley angehörte, und weiterhin mit dem Ordo Templi Orientis.).

Aus den esoterischen Anschauungen Sebottendorfs, seiner Kameraden und letztendlich auch der Thule Gesellschaft wurden (rein geistig/mythologisch gesehen) die Grundfesten der nationalsozialistischen Bewegung. Es sollte ein Sieg zur Errichtung des „Goldenen Zeitalters" erstritten werden und hierzu mußten die Anhänger und Vertreter der „finsteren Macht" vernichtet werden, genauso wie es die Offenbarung voraussagte. Führende Persönlichkeiten des III. Reiches waren Mitglieder, oder standen zumindest in enger Verbindung mit der Thule Gesellschaft, wie zum Beispiel Dietrich Eckert, Alfred Rosenberg, Rudolf Heß und Gottfried Feder.

Am 10. Julmond des Jahres 1866 wurde Karl Maria Willigut in Wien geboren. Er durchschritt eine lange militärische Laufbahn und brachte es bis zum Oberst der königlichen und kaiserlichen Armee. Er unterhielt in den zwanziger Jahren enge Kontakte zum Neutempler-Orden (O. N. T.) des Lanz von Liebenfels und der Edda Gesellschaft. 1933 lernt Willigut auf einer Tagung der Nordischen Gesellschaft Heinrich Himmler kennen, der sofort von ihm angetan war. Daraufhin trat er im Nebelmond 1933 in die Schutzstaffel (ϟϟ) ein und nimmt das Pseudonym „Weisthor" an. Ein halbes Jahr später war er bereits SS-Standartenführer. Er war es auch der den SS-Totenkopfring entwarf.

Willigut sah sich selbst als eine Art Medium der „Asa Urana Sippe". Persönlich behauptete er, daß er in hellseherischer Erberinnerung Texte dieser Sippe zu Papier bringen könne, und daß diese Arbeitsweise eine lange Tradition in seiner Familie darstellt. In den zwanziger Jahren verfasste Willigut 38 von angeblich über 1000 überlieferten Sprüchen, die er in seiner Kindheit, vom Vater gelehrt, auswendig lernen mußte. Diese Sprüche werden „Halgarita Sprüche" genannt und wurden von Willigut in einer eigenen Runenschrift notiert.

Werner von Bülow, Hochmeister der Eddagesellschaft, Dipl. Ing. Emil Rüdiger und später Rudolf J. Mund übersetzten und interpretierten die „Halgarita Sprüche". Die Sprüche Nummer 27 und 1818 haben laut Bülow und Rüdiger eine unmittelbare Beziehung zur Schwarzen Sonne, welche hier aber eine völlig neue Erscheinungsform annimmt!

Im Folgenden sollen diese zwei Sprüche und die Kommentare ihrer Übersetzer aufgezeigt werden. Willigut's 20000 Jahre alter Sonnensegen-Halgarita Spruch Nummer 27:

"Sunur saga santur toe
Syntir peri fuir sprueh
Wilugoti haga tharn
Halga fuir santur toe"[28]

Die Übersetzung des Werner von Bülow lautet folgendermaßen:

1. Zeile:

„Die Sage meldet, daß der Sonnen zwei Heilsam im Wechsel-Waltung UR und SUN der Sanduhr glichen, welche umgedreht der einen, stets zum Sieg verhilft."

2. Zeile:

„Der Sinn des göttlichen Irr-Wandel-Wegs, der Schlackensintern in des Feuers Sphäre ward so in Feuersprache offenbar dem Erd-Ich-Lauf der Paradiesgeschlechter."

3. Zeile:

„Gottwillige Führer leiten zum Guten durch ihre Hege in der Weltallrunde, was sichtbar und bald vertarnt erschien, in dem sie lenkten Phantasie der Menschheit."

4. Zeile:

„Polar im Wechselspiel von UR zu SUN im Opferdienst von Werden und Vergehen, im heiligen Feuer Santur so versprüht zweispältig, doch zum Segen siegreich wendet."

Halgarita Spruch Nr. 1818, der Segensspruch der weißen Magie von 1928 :

„gekruiste slang,
gekruiste hant
Gthari ger,
Gothara lant.“[29]

Der „Santur“ (auch: Sandär, Hyperion, Vulkan) steht hier für die Schwarze Sonne. Der Sandär wird als eine ausgebrannte Sonne gesehen, die heute noch außerhalb der Ekliptik um die Erde kreist. Dieser Sandär war zur Zeit Homers noch täglich am Himmel zu beobachten und wurde in der Odyssee und der Ilias als der „Hochwandelnde“ bezeichnet.

In der „Brisigna Halsbandmythe“ geht Emil Rüdiger folgenden Überlegungen nach: Vor hunderttausenden von Jahren stellte diese Sonne den Mittelpunkt unseres Sonnensystems dar. Vor dieser Sonne sollen auch schon zwei andere Sonnensterne eben diese Stelle eingenommen haben, aber das sei nur am Rande bemerkt und für die weitere Betrachtung nicht von Bedeutung. Es wird von dem dualistischen System ausgegangen, wobei eine existierende Kraft immer eine Gegenkraft bewirkt (demnach eine aktive und eine passive Sonne). Die Aktive, in unserem Fall die goldene Sonne, welche „Artharteilchen“ ausschleudert und die Passive, welche die Schwingungszahl und die Wellenlänge dieser Energien bestimmt und absorbiert. Das Ganze muß man sich vereinfacht ungefähr wie eine Sanduhr vorstellen. Als logische Schlußfolgerung wird nach einem gewissen Zeitraum die aktive Sonne über keine Energie mehr verfügen und es findet eine Umpolung der Sonnensterne statt. Die passive Sonne wird aktiv, und es beginnt der Kampf der Sonne um den Mittelpunkt im Sonnensystem, da sich die aktive Sonne noch um die passive dreht. Dadurch kommt es zu einem Stillstand der Massen und einer anschließenden Verwirbelung des Sonnensystems.[30]

Diese Sonnenerneuerung soll vor rund 1,5 Millionen Jahren begonnen haben und währte etwa 800 000 Jahre. Der Überlieferung nach war dieser Kampf zwischen Santur und neuer Sonne vor

330000 Jahren endgültig beendet. Das Sonnenlicht besteht aus einer sehr facettenreichen Strahlung, welche unmittelbar von der Schwarzen Sonne (Santur) beeinflußt wird. Da der „Santur" heute erkaltet ist, kann er von seinem „Stimmungsstoff" nunmehr wenig oder fast gar nichts abgeben. Mit dem Erlöschen des „Santur" war auch die Kraftquelle der Hyperboreer nicht mehr existent.

Des weiteren führt Emil Rüdiger in seinen Schriften Beschreibungen von Übungen an, wie etwa die „Hohe Acht" oder der „Ring der Adler". Mit Hilfe dieser Übungen, wie auch der Runengymnastik (Marby), soll man sich geistig, seelisch und körperlich auf die alte, erloschene, dunkle Sonne (Schwarze Sonne) einstellen, und kann mit seiner Thymusdrüse eine Verbindung zum Santur herstellen. Diese Erkenntnisse „der hohen heiligen Acht" entnahm Rüdiger Williguts 1818. Halgaritaspruch. [31, 32]

Kommen wir nun zum letzten Kapitel, welches ebenfalls unter dem Einfluß Williguts steht, dem Ornament in der Wewelsburg. Die Wewelsburg liegt etwa 14 km südlich von Paderborn. Sie wurde Anfang des 17. Jahrhunderts auf den Ruinen einer früheren Wehranlage der Sachsen erbaut. 1933 machte Willigut den Reichsführer der SS, Heinrich Himmler, auf die Burg aufmerksam, wonach sie in den folgenden Jahren zu einem Schulungszentrum der SS ausgebaut und erweitert wurde. Der leitende Architekt Hermann Bartels wurde beauftragt, aus der verfallenen Burg und dem dazugehörigen Dorf, eine SS-Musterstadt mit Schulungs- und Einweihungszentrum entstehen zu lassen. Im Mittelpunkt dieser Anlage stand die dreiseitige Burg, die aus der Luft betrachtet, die Spitze eines Speeres darstellen könnte (*[...]den Speer des Parzival*). Im Obergeschoß des Nordturmes befindet sich der „Obergruppenführersaal", in dessen Marmorfußboden das Ornament eines Sonnenrades eingelassen ist. Das Ornament besteht aus zwölf Strahlen, deren Form einer gespiegelten „Sowilo" Rune gleicht. Diese Symbolik wird im allgemeinen als *„die"* Schwarze Sonne bezeichnet. Das Ornament ist jedoch nicht, wie die herkömmliche Darstellungsweise der Schwarzen Sonne, in violett oder schwarz sondern in grün gearbeitet. SS-Führer Walter Blachetta spricht in seinem Buch der deutschen Sinnzeichen über diese Symbolik:

„[...] ein Zeichen der Vollendung, ein für die Schutzstaffel offenbar heiliges Symbol, daß sich im germanischen Götterhimmel, in Tierkreiszeichen sowie in anderen arischen Ordensgesellschaften wiederspiegelt. Ein Sinnbild für höhere Ordnungen, die die SS wieder auf der Erde herstellen sollte.“[33]

Es ist demnach das Zeichen des neuen Zeitalters, für dessen Kampf sich schon der Thule Orden rüstete. Die zwölf Strahlen können in einem die Unterteilung des irdischen sowie auch des kosmischen Jahres bedeuten. Als Verlängerung der Strahlen waren um das Sonnenrad auch zwölf Säulen in den Saal gesetzt worden, was den Raum wie eine Art Gralstempel erscheinen lässt, gleich der Tafelrunde der Artussage. Da die gesamte Burganlage im Geiste der Gralssaga konzipiert wurde, ist die Affinität des Gruppenführersaales zu dieser offensichtlich. Es wäre ebenso naheliegend, daß es sich hierbei um einen Einweihungsraum der SS-Führer gehandelt haben könnte. Die Schwarze Sonne war demnach der heilige Gral der SS und das schwarze Licht der Einweihung die Symbolik für das neu angebrochene Zeitalter. Die Form dieser Schwarzen Sonne ist sicherlich eine Anlehnung an alte germanische Sonnenräder, wie beispielsweise alemannische Zierräder oder auch der Swastika, nur stellt diese Sonne nicht die goldene Sonne des Himmels dar, sondern das göttliche Licht des goldenen Aufbruchs. Trotz dieser Überlegungen zum Sinn der Wewelsburg Symbolik ist es fraglich, ob und inwieweit das zwölfspeichige Sonnenrad der Wewelsburg tatsächlich die „Schwarze Sonne“ darstellt.

Ein Zitat von Rudolf Mund soll die geschichtliche Betrachtung der *Schwarzen Sonne* abschließen:

„Alles von menschlichen Sinnen Erfassbare ist materiell, ist der Schatten des unsichtbaren, geistigen Lichtes. Das materielle Feuer ist auf diese Art gesehen, gleichfalls nur der Schatten des geistigen Feuers. Die Menschen mussten sich, um das Got mit ihren Sinnen überhaupt erfassen zu können, materieller Symbole bedienen, deren vornehmstes zu allen Zeiten und bei allen Völkern, die Sonne war."[34]

Neuschwabenland und Innere Erde

In den letzten Jahrzehnten wurden viele Spekulationen über ein geheimes Fortbestehen des nationalsozialistischen Deutschlands in der Arktis und im Innern der Erde veröffentlicht. Mit diesem Themenbereich eng verbunden ist auch der „moderne Mythos" der Schwarzen Sonne. Anfang der fünfziger Jahre erschienen Veröffentlichungen um den deutschen Ingenieur Dr. Halik. In diesen Zeitschriften publizierten die selbsternannten Kryptologen Beiträge über Flugscheiben (unbekannte Flugobjekte) des III. Reiches und deren geheimen Aufenthaltsort in „Neuschwabenland" (Antarktis). In einer Ausgabe der Publikation „Mensch und Schicksal" aus dem Jahre 1951 wurde von Dr. Halik erstmals die „sol niger" (die Schwarze Sonne) mit den „Reichsflugscheiben" in Verbindung gebracht.[35] Später wurden diese Ansichten von vielen Schriftstellern aufgegriffen und die Suche nach der „Wahrheit" fortgesetzt.[36] Diese Erkenntnisse sollen aber hier nicht weiter dargelegt werden, sondern nur die Punkte, welche sich mit dem Thema der Schwarzen Sonne schneiden.

Es wird berichtet, daß gegen Ende des Krieges deutsche Kampfflugzeuge das Hoheitszeichen der Schwarzen Ronde führten und die Ansicht vertreten, daß es sich hier um das wahre Zeichen der Schwarzen Sonne handelt. Auch andere Flugkörper, wie die im V7-Projekt entwickelten Rundflugzeuge der „Haunebu - Reihe", flogen unter diesem Zeichen. Die Forschungsaktivitäten wurden von geheimen Unterorganisationen der SS, wie der *Vril-Gesellschaft* und der *Kette* (unter dem Namen >Schwarze Sonne<) des Admiral Canaris und seiner Organisation, geleitet.[37] Die *Vrill-Gesellschaft,* gegründet ca. 1920 von der oben bereits erwähnten Wienerin Maria Orschitsch, ging aus der um 1900 entstandenen panbabylonischen Gesellschaft hervor. Ihr ursprünglicher Name war *Alldeutsche Gesellschaft für Metaphysik,* in der sich mehrere jungen Frauen zusammenfanden um der Vermännlichung und geistigen Entartung der Frau entgegenzutreten. Es wurden viele Ideen der panbabylonischen Gesellschaft übernommen, beispielsweise der „Isais Mythos“, um in deren Sinn die heilsbringende Wirkung der Frauen in einer antik konzipierten Monarchie zu verfolgen. Einen wichtigen Teil der Vereinigung nahm die Entwicklung unkonventioneller Antriebe für die Flugtechnik ein, woraus im Jahre 1926 die Firma *Antriebstechnische Werkstätten* entstand. Desgleichen standen sie in Verbindung mit wichtigen Personen der Flugzeugindustrie und nach der Machtergreifung auch mit hochrangigen Militärs. Die Ersten „Vril-Scheiben“ sollen in dieser Firma entwickelt und auch gebaut worden sein. Der Antrieb dieser geheimgehaltenen neuen Generation von Flugzeugen bestand aus neuentwickelten Tachyonen-Triebwerken, welche sich die Wirkung der Vril-Kraft zu nutze machten.[38]

Die Vril-Kraft beruht laut Schumann (Vril-Mitglied) ansatzweise auf denselben Gesetzmäßigkeiten wie die Strahlung der Schwarzen Sonne und kann auch mit der „Orgon Energie“ Wilhelm Reichs verglichen werden. Zum Antrieb wird dabei ein eigenes Kraftfeld (Mikrokosmos) um den Flugkörper erzeugt, in dem die inneren, gegensätzlichen Pole zu einer implodierenden Energie vereint werden „[. . .] jede auf dem Explosionsprinzip oder auch Verbrennung beruhende Technik kann als satanische Technik bezeichnet werden. Das bevorstehende neue Zeitalter wird ein Zeitalter neuer, positiver, göttlicher Technik werden.“ (aus dem Reichsdeutschen SS - Geheimarchiv). Auch der Wissenschaftler Viktor Schauberger arbeitete mit ähnlichen Überlegungen, die er angeblich den Überlieferungen der Templer entnahm.[39] Die von ihm begonnene Arbeit über die Antigravitations - Technologie wurde in den jüngsten Versuchen der NASA wieder aufge griffen.[40]

Ein anderer Weg dieser Schriften führt uns in das Innere der Erde, welcher aber von dem gleichen Personenkreisen beschritten wird. Die Vorstellung über die Struktur der „Inneren Erde“ kennt verschiedene Ansichten. Grundsätzlich gibt es jedoch zwei gegenteilige Auffassungen. Einmal wird angenommen, daß im Innern der Erde die Einweihungszentren von Agarthi existieren und zum anderen, daß wir selbst auf der Innenseite einer hohlen Erde leben.

Die Aufmerksamkeit soll sich jedoch auf die erste Theorie der Inneren Erde beschränken. Das unterirdische Reich Agartha oder auch Agarthi mit seiner Hauptstadt Shamballah besitzt mehrere Eingänge. Es wird berichtet das sich ein Eingang im Himalaja (in Tibet), und sich das mächtige Shamballah in der Nähe des Nordpols befindet. Andere Eingänge werden an den Erdpolen vermutet und als „Astralröhren" bezeichnet.[41] In einem bekannten esoterischen Roman[42] wird noch eine andere Ansicht über Agarthi und Shamballah geäußert. Dort wird beschrieben, daß Agarthi und Shamballah zwei befeindete Gruppen in einer inneren Erde sind, welche um die Herrschaft über die gesamte Menschheit ringen. Ferner wird von den Anhängern des esoterischen Hitlerismus davon gesprochen, daß Hitler von den „mächtigen Agarthi", den geheimen Hyperboräern, gesandt und gesteuert wurde, um deren Auftrag auf der äußeren Welt zu erfüllen. Nach dem Krieg sollen sich die deutschen Flugscheibenbataillone und „der Führer" in die „Innere Erde" zurückgezogen haben.[43] Das Zeichen der Agarthi soll sich als „Schwarze Sonne" offenbart haben. Daher sollen auch die geheimen Projekte des III. Reiches die Schwarze Sonne als Hoheitszeichen geführt haben. Auch das Balkenkreuz der Wehrmacht, äquivalent dem roten Krukenkreuz der Templer, soll die Schwarze Sonne symbolisieren. Die Schwarze Sonne als das Zeichen des kommenden Zeitalters von Agarthi, daß auf der Erde anbrechen wird (hierzu die Erinnerung an die drei Doppelschritte Marduks, welche 1934 begannen).

In vereinzelten Schriften wird von dem Standpunkt ausgegangen, daß die Schwarze Sonne innerhalb der Erde existiert und dort ihr violettes Licht aussendet, welches an den Polen durch die Astralröhren austritt, gleich dem hermetischen Gesetz, bei welchem sich das Oben abspielende im Innern wiederholt und umgekehrt. Die äußere Erde ist demnach die grobstoffliche Manifestation des Inneren, der feinstofflichen Schwingungsebene.

„In jener sensitiven Weltgegend, die sich zwischen dem Gebirgszug der Anden und dem Pazifischen Ozean erstreckt und bis hinunter zum Südpol reicht, werden nach der Katastrophe neben ihren gepeinigten Gestaden aus den Tiefen des Ozeans der versunkene Ozean des Geistes, Elella, und der Gipfel von Paradesha auftauchen, ins Licht des Morgensterns getaucht, des Verkünders einer neuen Sonne, des ganzen, mit seiner eigenen Seele vermählten Menschen. Denn hier sind die weißen Götter, die den Gral hüten, und hier befindet sich der geheime Eingang in die Innere Welt."[44]

Nach den verschiedenen, aufgezeigten Auffassungen über die „Schwarze Sonne" möchte ich im letzten Teil der Ausarbeitung die Gedanken um die Bedeutung der schwarzen/unsichtbaren Sonne für uns selbst, mit ihrem Bezug zu unseren nordischen Vorfahren kreisen lassen. Woher stammt der Mythos der Schwarzen Sonne wirklich? Daß er seinen Ursprung in den Kulturkreisen des Zweistromlandes hat ist fraglich, denn aus ihren alten Schriften wird eine Herkunft aus dem hohen Norden angedeutet . . .

Die Babylonier hingen der Vorstellung nach, daß ihre Ahnen von einer Insel aus dem Norden kamen. Das *Inuma Ilisch* besagt: „Ummu hubpur patikat kalama" – „Die Mutter des Nordens die alles hervorbrachte". Auch Gilgamesch suchte nach der „seligen Insel" im Norden, der „grünen Insel", dem Ultima Thule. Auch die Babelüberlieferungen weisen große Parallelen zur isländischen Göttersaga (Edda) auf.

Ein Zitat aus der Edda besagt folgendes: *„Einst war das Alter [. . .] Nicht Erde fand sich, noch Überhimmel, gähnender Abgrund und Gras nirgends."(Völuspa)* Eine überlieferte Schrift aus Babel zeigt verblüffende Ähnlichkeiten: *„Im Anfang weder droben der Himmel noch darunter etwas, kein giparu - Baum, keine Rohrwiese."* Die weitere Weltwerdung, wie die Entstehung der Götter und der Flüsse und Seen, ähneln sich in den beiden Überlieferungen als hätten sie den gleichen Ursprung. Auch die assyrischen Texte, welche stark die Prägungen der sumerischen aufweisen, haben Übereinstimmungen mit der Edda.

Edda (Völuspa): *„Die Asen einten sich auf dem Idafelde, Hof und Heiligtum hoch zu zimmern. Erbauten Essen und schmiedeten Erz, Schufen Zangen und schön Gezäh."*

Assur: *„Die Assyrer eilten zum Idealfelde (das Land der Ahnen, Ultima Thule d. A.), die Tempeltürme erbauten; sie siedelten, bauten Bodenschätze ab; sie schufen Werkzeuge und andere Dinge[. . .]"*[45, 46, 47]

Ein weiterer Beleg für die Beziehung zwischen den Babyloniern und der nordischen Welt ist die Darstellung der Babil - Könige mit einem Hörnerhelm, wie beispielsweise auf der Naram-Sin Stele. Gleich aussehende, 3000 Jahre alte Hörnerhelme fand man auch im Norden Europas, wie zum Beispiel den Bronzehelm von Visko (Nord-Seeland), datiert auf circa 900 vor unserer Zeitrechnung. Im Jahre 1200 v. u. Z., nach der großen Naturkatastrophe im Norden, trieb die atlantische Kriegsmacht gegen Ägypten und hinterlies dort ihre Spur, bevor sie sich im Mittelmeerraum niederließ. Die ägyptischen Inschriften des Ramses III. Berichten folgendes:

„Die Nordvölker haben auf ihren Inseln eine Verschwörung gemacht. Sie (die Inseln d. A.) sind ausgerissen und fortgeweht im Sturm gleichzeitig. Nicht hielt stand irgend ein Land vor ihren Händen. Hatti (Hethiterreich d. A.), Kode, Karkemisch, Arzawa, Alasia (Zypern d. A.), wurden zerstört. Sie schlugen ihre Feldlager auf an einem Ort Amurru (Südsyrien d. A.). Sie richteten Land und Leute zugrunde, als wären sie nie gewesen. Sie waren im Anmarsch, während ein Feuer vor ihnen bereitet war, vorwärts auf Ägypten zu. Verbündet waren die Phrst, Sakar, Denen, vereint mit ihnen die Sekelesa und Vasasa. Wahrlich, sie legten ihre Hände auf die Länder bis zum Erdenrand, ihre Herzen waren voll Vertrauen und Gewißheit: unsere Pläne gelingen."[48]

Ebenso wird in der Ilu Ischtar die Urheimat Thale/Thule erwähnt (Kap. 9): Sargon der aus dem Lande Gorm zurückkehrte wird von der Seherin gefragt:

„Habt ihr die lichten Wolken gesehen? Weißen Vögeln gleich ziehen sie dahin mit schweigenden Schwingen. Von Thale kommen Sie heraus der Heimat der Ahnen."

Und weiter beschreibt Irini den Wohnsitz der Ahnen:

„Ein Gebirge aus silbernem Eis zeige ich euch. Eine Stadt gebildet aus blauen Palästen, schimmernden Zinnen, [...] von weitem Wasser umspült. Eine Insel auf der all dies Steht zeige ich euch – einsam im höchsten Norden. Die Spitze des Weltberges seht ihr von dort [. . .]. Eine kalte Sonne will ferner ich euch zeigen. Blas hängt sie unter dem Himmel, kaum wärmt sie das Land [...]. Zeit ist es nun zu bemannen die Schiffe, zu suchen das Meer, zu fliehen die Insel. Als weißer Berg bleibt Sie verschlossen zurück - keine Spur mehr des Lebens, kein Zeichen was einstmals war. Ein Geheimnis zeig' ich euch so. Keiner findet es mehr auf. Der Wohnsitz der Ahnen war es gewesen."[49]

Auch in den zahlreichen Mythen anderer Völker, besonders in den indischen Veden, wird eine Herkunft vom hohen Norden beschrieben. Um das ganze Spektrum der menschlichen Kulturgründung des Nordens zu behandeln ist hier allerdings nicht genug Raum und würde uns zu weit vom eigentlichen Thema entfernen. Es sei daher auf die weiterführende Literatur von Evola, Spanuth, Penka, Wirth und Schulten verwiesen.

Daraus resultierend haben wir das Wesen der Schwarzen Sonne im Norden der Vorzeit zu suchen, dessen Söhne wir ja gleichermaßen sind. Sie ist somit für uns das „Licht des Nordens", die Schwarze Sonne des Ultima Thule, der Hyperboreer. Thule (der Mitternachtsberg) ist das Land der Sonne „von dem ein großes Feuer leuchtet das in alle Richtungen ausstrahlt".

Wie bereits angesprochen ist der Gral Mythos eine überlieferte Form des Schwarzen-Sonne-Mythos. Man muß die Suche nach dem Gral als die Suche nach einem höheren i c h begreifen, die Suche nach Nietzsches Übermenschen, beziehungsweise die Transzendenz bei Evola. Nur durch innere wie äußere Askese, gleich Zarathustra, kann der Mensch in seinem persönlichem S e i n in den Urzustand zurückkehren und das unsichtbare Licht nutzen, um das „Reich des Königs der Könige“ zu errichten, das goldene Zeitalter. Diese Botschaft vermittelt die Gralsaga ebenso, indem der Ritter am Ziel die unsichtbare Insel erreicht, geleitet von Singschwänen den Kündern Thules (Hyperborea). Die Insel bildet hierbei den solaren Mittelpunkt (gleich der Schwarze Sonne), von welcher alle Kräfte ausgehen um die Welt zu heilen. Man vergleiche hierzu auch die Analogie zu dem König im Berg, der darauf wartet sein Volk aus der Not zu helfen (beispielsweise Barbarossa). Die Insel der Arthursage, der Mitternachtsberg der Sumerer, Agarthi wie auch die Irmensul symbolisieren den höchsten sonnenhaften Mittelpunkt der Welt, aus dem alles Lichte und Starke hervorgeht.

Für unsere Art stellt die Schwarze Sonne den Weg des schöpferischen Geistes und das Erbe des Blutes (purpur!), unserer hyperboräischen Ahnen, dar. Sie eröffnet uns die gleiche Urkraft, wie diejenige, welche auch als scheinbare Zentralsonne im Makrokosmos wirkt. Die Schwarze Sonne bildet einen Übergang, einen Weg zum Goldenen Zeitalter. Auch in der Alchemie ist das Schwärzeste, das Putrefactio, der Prozess der Verwesung und Fäulnis, ein Übergang, ein Weg zum Stein der Weisen, der dem Gral entspricht.

Das Wesen der Schwarzen Sonne spiegelt sich auch in Bifröst, der Regenbogenbrücke zu Asgard, wieder. Sie ist die Suche, aus der das Ziel erwächst. Sie bedeutet Fruchtbarkeit mit Hinblick auf das lichte Werden in und um uns.

Es ist die Seelenschwingung, die den physischen Ausdruck der Körper unserer Art entscheidend beeinflußt, oder um es mit Peryt Shou zu sagen: *„[. . .] die Zentralsonne ist ihr (der Weltseele, d. A.) Evolutionskern, der Mittelpunkt, in welchem sich (eine) solche Materie entfaltet.“* Dieses innere, göttliche Licht erwuchs uns aus dem immateriellen Vermächtnis unser hyperboräischen Ahnen. Und so schwingt auch, zu unseren althergebrachten Sonnenfesten, ihr Geist, durch uns, hinauf zur Ewigkeit. *„Dieser Keim in unserm Innern, den gläubige Inbrunst aufgehen läßt und der in ästhetischen Ungebrochenheit eine ewige Natur in uns vermittelt, in dem Vorhandensein des ästhetischen Überleibes, des ‚Kosmos' in uns, dieser Keim, in dem sich die Strahlen jener gütigen Allsonne brechen zum Licht im Denken und Empfinden, kann freilich Ende und Anfang seiner Bestimmung nicht sehen. Er nennt sie Raum und Zeit, aber er fühlt sie als Unendlichkeit und Ewigkeit. Er kann des Grabes Rand, die Stunde der Geburt nicht sehen. Er webt mit „Sonnen und Sonnenstäubchen" durch das Unendliche als „Licht", selbst seinem Wesen nach im Schoß der Zentralsonne und in seinem Erscheinungskleide auf dem Planeten verborgen."*[50]

Die Zentralsonne als Weltseele welche die Zeitalter bestimmt, lenkt auch die Zunahme der Schwingungen in uns selbst. Dies ist auch die rote (violette) Energie der Liebe (Venus), auch Vril genannt, die sich in verschiedenen Formen als Materie manifestiert.

Die gleichen Vorstellungen finden sich auch bei den Runen der nordischen Völker wieder. Nach dem Leitgedanken, daß allen Dingen eine Wirk- und Gestaltungsmacht innewohnt, geht auch das Wesen der Runen konform. Es wird jedem physischen Ausdruck der Natur eine innere göttliche Wesenheit entgegengesetzt, oder wie es Plato nennt „idea" beziehungsweise „eidos", das Wirkende und Schaffende in einem Ding oder einem Geschehen. Die Schwarze Sonne entspricht der Kraft, der Macht des „sinnenden Gottes" (Hölderlin), welche alles Scheinende, alles Materialistische und Organische in seinem Wirken entstehen läßt. Demnach steht die Rune für den inneren Symbolwert der jeweiligen Erscheinung oder des zu bezeichnenden Ereignisses. Somit kann man das Sonnenrad der Wewelsburg auch als eine Allrune deuten, die für ein ganzes Weltgefüge steht. Von ihrem Mittelpunkt wird die alles schaffende „Sendung" über die zwölf Vermittler (vgl. die zwölf höchsten germanischen Götter, die zwölf obersten Götter des Olymp oder die zwölf Ritter der Arthursage) in das ewige Rad des Lebens übertragen. Es ist die alles durchwobene, unsichtbare Göttlichkeit, die den Dingen und Geschehnissen ihren Ausdruck verleiht. Sie steht für alles von der goldenen Sonne erhellte und raunt gleichzeitig vom göttlichen Wachstum der unsichtbaren Zentralsonne. Das Grün dieser Rune könnte gleichzeitig ein Hinweis auf die „grüne Insel", das Ultima Thule sein.

Da wir uns jetzt im dunklen Zeitalter des Wolfes (Kali-yuga) befinden und diese göttliche Kraft nur noch in wenigen von uns flammt, soll uns die Schwarze Sonne ein Zeichen sein, welches nach dem Ragnarök für Menschen und Götter strahlen wird.

Es ist in allen Auslegungen der Schwarzen Sonne das gleiche Grundprinzip enthalten. Sie ist die schöpferische Allsonne des Makro- und Mikrokosmos. Ob wir es nun Gral, Schwarze Sonne oder Gott nennen, es ist die ewige Ordnung des großen Lebens, das ewig währt.

Eine Bejahung der Schwarzen Sonne ist gleichzeitig eine Zusage und Bekräftigung des ewigen Kreislaufes von „Stirb und Werde", sowie der Erkenntnis, daß nur das Edle und Lichte im Einklang mit diesem kosmischen Gesetz mitschwingt und somit ewig fortbesteht. Sobald die Zeit der Schwarzen Sonne gekommen ist, leuchtet sie, ob nun als Strahlung eines festen Körpers oder symbolisch für die innere, höhere Zeugung des Menschen, als Zeichen für eine höhere Zeit, ein neues Reich. Das neue Reich wird entstehen, geführt von einem nordischen Sargon, wenn das Zeitalter des Seins, „des Lebenden im höchsten Sinne" (Evola), über uns herein bricht, gleich der Zeit der reinen Hyperboreer. Es ist das Licht, daß uns aus einer alten, solaren Welt voran in die Zukunft strahlt.

„Ein Licht leuchtet am Horizont. Es besteht aus den Hoffnungen, Träumen und Gebeten derjenigen auf Eurer kosmischen Ebene, die Harmonie, Frieden und Liebe herbeiführen wollen. Dieses Licht ist klar erkennbar, doch jeder von Euch muß sich auf die ihm gemäße Weise weiterhin für das Ganze einsetzen. Laß jene, die eine Weißheit suchen, durch den Strahl der Weißheit zur Mehrung dieses Lichtes beitragen und ihm auf dieser Ebene zu größerer Strahlkraft verhelfen. Laß jene, die nach Glück suchen, in ihr Innerstes blicken, damit sie dort finden, was sie wirklich glücklich macht, so daß sie sich in ihren Herzen zu Hause fühlen und wissen, was sie tun müssen, um die Frequenz Eurer Ebene zu energetisieren und auf der Erde zu leben. Ganz gleich, was sich in Eurer Außenwelt zu ereignen scheint – es gibt ein inneres Zentrum, eine Einheit, einen Frieden, eine Gemeinschaft, um die Dimension Eurer physischen Ebene zu transzendieren. Und es ist dieses Sein, diese Einheit, die jeden von E u c h immer weiter ins Licht (der Erkenntnis) führen wird."

Anhang

>NARAM-SIN STELE mit Schwarzer und Weißer Sonne<

>Siegel des Templerordens<

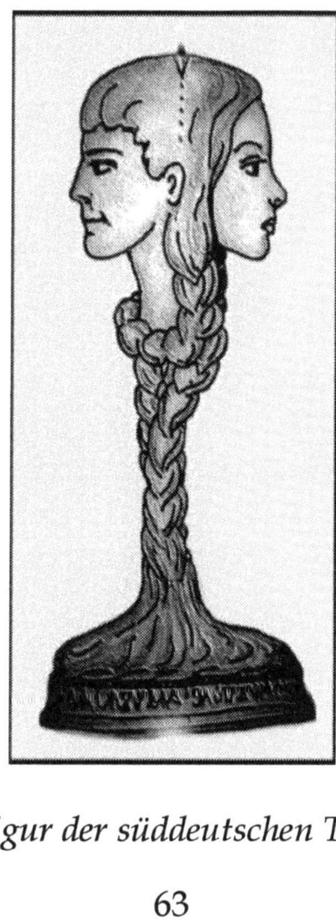

>Baphometfigur der süddeutschen Templerlinie<

>Baphomet<

(Anm.: Die Rückseite des dt. Personalausweises birgt ebenfalls einen stilisierten „Baphomet-Kopf", insofern der Ausweis spiegelverkehrt betrachtet wird.)

>Sonnenrad im Obergeschoss des Nordturmes auf der Wewelsburg<

Anmerkungen:

(1) Der Antichrist, Friedrich Nietzsche, Insel, Ffm. (1990)
(2) Das ILU ISCHTAR, R. Ettl, 1991
(3) Im Lande UR, H.Baumann/Bertelsmann 1968
(4) Weltgeschichte Band 1, Bertelsmann 1996
(5) Das ILU ISCHTAR, R. Ettl, 1991
(6) Rebellen für Thule, Landig/Wien 1991
(7) Das Buch der Sajaha, Wien
(8) Die magische Weltsicht/Die magischen Prozesse, Tempelhof-DHvSS
(9) Die magische Weltsicht/Die magischen Prozesse, Tempelhof-DHvSS
(10) Das Buch der Sajaha, Wien
(11) Die magische Weltsicht/Die magischen Prozesse, Tempelhof-DHvSS
(12) Geheimkulte ,Will.Erich/Peuckert 1997 S. 513
(13) Geheimkulte ,Will.Erich/Peuckert 1997 S. 508 ff.
(14) Die Geheimlehre der Tempelritter, A. Oslo/Patmos 2000
(15) Ebd.
(16) Die Templer und die Große Göttin, M.Hauf/Patmos 2000
(17) Die „Figura" Baphomet, Damböck-Verlag
(18) Ebd.
(19) Die Braut des Baphomet, Ralf Ettl
(20) Die „Figura" Baphomet, Damböck-Verlag
(21) Rotullus Signorum Arkanorum, Tempelhof/Wien
(22) vgl. Mysterium des Grals, J. Evola
(23) Parzival, Wolfram von Eschenbach, Philipp Recl. jun. '81
(24) Z-Plan, R. Ettl/Damböck Verlag
(25) Die magische Weltsicht/Die magischen Prozesse, Tempelhof-DHvSS
(26) Rebellen für Thule, Landig/Wien 1991
(27) Unternehmen Aldebaran, J. v. Helsing/Lathen 1997

(28) Zitiert aus: Weisthor, Hans - Jürgen Lange, Arun 1998
(29) Ebd.
(30) Die Brisinga-Halsband-Mythe, E. Rüdiger/Darmstadt 1994
(31) Weisthor, H.-J. Lange / Arun, 1998
(32) Vom Mythos der Schwarzen Sonne, R.Mund/Das andere Kreuz, Wien
(33) Das Buch der deutschen Sinnzeichen, W. Blachetta/ Berlin 1941
(34) Vom Mythos der Schwarzen Sonne, R.Mund/Das andere Kreuz, Wien
(35) Black Sun, Goodrick-Clark / London 2002
(36) Vom Mythos der Schwarzen Sonne, R.Mund/Das andere Kreuz, Wien
(37) Die Brisinga-Halsband-Mythe, E. Rüdiger/Darmstadt 1994
(38) Unternehmen Aldebaran, J.v.Helsing/Lathen 1997
(39) Unternehmen Aldebaran, J.v.Helsing/Lathen 1997
(40) P.M., Ausgabe September 2002
(41) Das Goldene Band, Serreno, Miquel/ AvB
(42) Die Schwarze Sonne von Tashi Lhunpo, Russell Mc Cloud, Arun 1996
(43) Das Goldene Band, Serreno, Miquel/ AvB
(44) Das Goldene Band, Serreno, Miquel/ AvB
(45) Die magische Weltsicht/Die magischen Prozesse, Tempelhof-DHvSS
(46) Rebellen für Thule, Landig/Wien 1991
(47) Edda, M. Stange/Bechtermünz Verlag 1991
(48) Das enträtselte Atlantis, J.Spanuth/Stuttgart 1953, S.41
(49) Das ILU ISCHTAR, R. Ettl, 1991
(50) Das Mysterium der Zentralsonne, P. Shou, Leipzig 1938

Für Anregungen und Hinweise herzlichen Dank an Ralf Ettl und Hans Jürgen Lange.

Bibliographie:

Baumann, Hans: Im Lande UR, Gütersloh 1968
Blachetta, Walter: Das Buch der deutschen Sinnzeichen, Berlin 1941
Charroux, Robert: Verratene Geheimnisse, München- Berlin 1967
Damböck-Verlag/Marduk: Das Geheimnis der Schwarzen Sonne
Damböck-Verlag/Marduk: Die Figura Baphomet
Evola, Julius: Revolte gegen die moderne Welt, Engerda 1997
Evola, Julius: Das Mysterium des Grals, München 1954
Fuqua, Evelyn: Athor, München 1997
Gebelein, Helmut: Alchemie, München 2000
Goodrick-Clarke, Nicholas: Black Sun, London 2001
Goodrick-Clarke, Nicholas: Die okkulten Wurzeln des Nationalsozialismus, Stuttgart 1997
Ettl, Ralf: Die Braut des Baphomet, Wien 1997
Ettl, Ralf: Das Ilu Ischtar, Wien 1991
Ettl, Ralf: Z-Plan, Damböck Verlag
Hauf, Monika: Die Templer und die Grosse Göttin, Düsseldorf '00
Helsing, Jan van: Unternehmen Aldebaran, Gran Canaria 1997
Hesoid: Werke und Tage, Stuttgart 1996
Landig, Wilhelm: Rebellen für Thule, 1991
Landig, Wilhelm: Wolfszeit um Thule, Wien 1980
Lange, Hans-Jürgen: Weisthor, Engerda 1998
Meißner, Bruno: Babylonien und Assyrien , Leipzig 1920
Melissa v. E.: Der Weg ins neue Zeitalter, Wien Tempelhof
Moon, Peter: Die Schwarze Sonne, Sonnenbichl 1999
Mund, Rudolf J.: Vom Mythos der Schwarzen Sonne, Wien Selbstv.
Oslo, Allan: Die Geheimlehre der Tempelritter, Düsseldorf 2000
Pauwels, Louis: Monsieur Gurdjieff, Paris 1971
Penka, Karl: Die Herkunft der Arier, Wien 1886
Peukert, Will-Erich: Geheimkulte, München 1988
Platon: Hauptwerke, Leipzig 1931
Pleticha, Heinrich: Weltgeschichte, Gütersloh 1996

Ravenscroft, Trever: Der Speer des Schicksals, Zug 1974
Redfield, James: Das Geheimnis von Shambhala, München 1999
Rose, Detlev: Die Thule-Gesellschaft, Tübingen 1994
Russel, Stuart & Schneider, Jost: Heinrich Himmlers Burg, Paderborn 19982
Sebottendorff, Rudolf v.:Bevor Hitler kam, Bremen 2000
Serreno, Miquel,: Das Goldene Band, AvB
Shou, Peryt: Das Mysterium der Zentralsonne, Leipzig 1938
Sichtin, Zacharia: Der zwölfte Planet, München 1967
Spanuth, Jürgen: Das enträtselte Atlantis, Stuttgart, 1953
Stange, Manfred: Die Edda, Augsburg 1995
Sünner, Rüdiger: Schwarze Sonne, Freiburg 1999
Tempelhofgesellschaft: Einblick in die Magische Weltsicht, Wien
Tempelhofgesellschaft: Das Buch der Sajaha, Wien 1991
Zeitschrift: Wir selbst 4/99

„Das Wahre ward schon längst gefunden, hat edle Geisterschaft verbunden, das alte Wahre, faß es an!

-Goethe-